应有的尊严，而对其中的偶然性或细枝末节按下不表。卡夫卡曾提出："我们需要的书（尽管也适用于其他任何艺术形式）必须是一把利斧，可以劈开心中的冰川。"换言之，找到一种能帮助我们从麻木中解脱的工具，让它担当宣泄的出口，可以让我们放下长久以来对隐忍的执念。

细数历史上最伟大的悲观主义者，他们中的每一人都能抚慰这种被压抑的苦楚。用塞内加的话说："何必为部分生活而哭泣？君不见全部人生都催人泪下。"或者就像帕斯卡的叹喟："人之伟大源于对自身不幸的认知。"而叔本华则留下讽刺的箴言："人类与生俱来的错误观念只有一个，即以为人生在世的目的是为了得到幸福……智者知道，人间其实不值得。"

这种悲观主义缓和了无处不在的愁绪，让我们承认：人生下来就自带瑕疵，无法长久地把握幸福，容易陷入情欲的围困，甩不掉对地位的痴迷，在意外面前不堪一击，并且毫无例外地，会在寸寸折磨中走向死亡。

这也是我们在艺术作品中反复遭遇的一类场景：他人也有跟我们同样的悲伤与烦恼。这些情绪并非无关紧要，也无须避之不及，或被认为不值思量。关键在于我们如何看待。艺术作品带我们走近那些对痛苦怀有深刻同情的人，去触摸他们的精神和声音，而且允许我们穿越其间，完成对自身痛苦的体认，继而与人类的

文学的意义
——新版作品集代总序

阿兰·德波顿

在人类为彼此创造的艺术形式和作品中，有一个门类占据了最大比重，即以某种形式探讨伤痛。郁郁寡欢的爱情，捉襟见肘的生活，与性相关的屈辱，还有歧视、焦虑、较量、遗憾、羞耻、孤立以及饥渴，不一而足；这些伤痛的情绪自古以来就是艺术的主要成分。

然而在公开的谈论中，我们却常常勉为其难地淡化自身的伤情。聊天时往往故作轻快，插科打诨；我们头顶压力强颜欢笑，就怕吓倒自己，给敌人可乘之机，或让弱者更为担惊受怕。

结果就是，我们在悲伤之时，还因为无法表达而愈加悲伤——忧郁本是正常的情绪，却得不到公开的名分。于是，我们在隐忍中自我伤害，或者干脆听任命运的摆布。

既然文化是一部人类伤痛、悲情的历史，那么，所有的问题都能予以修正，把绝望的情绪拉回人之常情，给苦难的回味送去

无聊的魅力

[英] 阿兰·德波顿 著
陈广兴 译

ALAIN DE BOTTON
阿兰·德波顿作品集

上海译文出版社

共性建立连接，不再感觉孤立和羞耻。我们的尊严因而得以保留，且能渐次揭开最深层的为人真理。于是，我们不仅不会因为痛苦而堕入万劫不复，还会在它的神奇引领下走向升华。

不妨把自己想象成一组同心圆。所有一眼望穿的事物都在外圈：谋生手段，年龄，教育程度，饮食口味和大致的社会背景。不难发现，太多人对我们的认知停留在这些圈层。而事实上，更内里的圈层才包裹着更隐秘的自身，包括对父母的情感、说不出口的恐惧、脱离现实的梦想、无法达成的抱负、隐秘幽暗的情欲，乃至眼前所有美丽又动人的事物。

虽说我们也渴望分享内里的圈层，却又总是止步于外面的圈层。每当酒终人散，回到家中，总能听见心中最隐秘的部分在细雨中呼喊。传统上，宗教为这种难耐的寂寞提供了理想的解释和出路。宗教人士总说，人的灵魂由神创造，唯有神才能知晓其间最深层的秘密。人也永远不会真正地孤独，因为神总是与我们同在。宗教以其动人的方式关照到一个重要命题，意识到人对被深刻了解和赞赏的愿望何其猛烈，并且大方地指出，这种愿望永远也无法在其他凡人身上得到满足。

而在我们的想象空间里，取代宗教地位的是人和人之间的爱情膜拜，俗称浪漫主义。它朝我们抛来一个漂亮而轻率的想法，认为只要我们足够幸运和坚定，从而遇到那个被称为灵魂伴侣的高维存在，就有可能打败寂寞，因为他们能读懂我们的所有秘密和怪癖，看清我们的全貌，并且依然为这样的我们陶醉沉迷。然而，浪漫主义过后，满地狼藉，因为现实一再将我们吊打，证明他人永远无法看透我们的全部真相。

好在，除了爱情和宗教的诺言之外，尚有另一种可用来关照寂寞的资源，并且还更为靠谱，那就是：文学。

目录

忧伤的快乐 …… 001
机场散心 …… 019
为爱撒谎 …… 033
工作与幸福 …… 051
成人参观动物园的启迪 …… 061
单身男人的白日梦 …… 067
无聊地方的魅力 …… 073
写作如何再现生活 …… 085
论漫画之精妙 …… 091
译后记 …… 111

忧伤的快乐

003.

爱德华·霍珀[1]属于这样一类艺术家，其作品充满忧伤，却不会让观众忧伤——他是绘画界的巴赫[2]或莱昂纳德·科恩[3]。孤独是其艺术的核心主题。他画中的人物似乎远在他乡，或站在旅馆的床边读信，或在酒吧独酌，或从行驶的列车窗口朝外观望，或在旅馆大堂阅读。他们神情中透出脆弱，深陷自省的沉思冥想之中。他们或许刚刚丢下某人，或被某人刚刚丢下，他们或许在寻找工作、性爱或伴侣，漂泊在一个个临时落脚的地方。时间总是在夜晚，窗户外边的黑暗之中，是无边的荒野或陌生的城市，给人带来威胁。虽然霍珀的画作描绘忧伤，但欣赏这些画作本身却并不令人忧伤——或许因为它们让观众能够从中发现自己的忧伤和失望，从而认识到并非自己一个人受到这些情绪的折磨和困扰。当我们忧伤之时，或许恰好是那些忧伤的书籍最能赋予慰藉；当我们孑然一身、孤独无依时，我们悬挂在房间墙上的，应该是

霍珀

火车

高速公路加油站

1 Edward Hopper（1882—1967），美国绘画大师，以描绘寂寥的美国当代生活风景闻名。——译者

2 J.S.Bach（1685—1750），被称为“西方音乐之父”，德国著名的作曲家、管风琴及羽管键琴家。——译者

3 Leonard Cohen（1934—2016），来自加拿大小城蒙特利尔的都市游吟诗人，以低沉的嗓音吟唱自己撰写的诗歌而闻名。——译者

那些孤零零的服务站的图片。

在《自动贩卖店》(*Automat*, 1927)这幅画中，一位女士独坐一隅，喝着咖啡。天色已晚，从她头戴的帽子和身穿的衣服判断，户外异常寒冷。房间显得很宽敞，灯光明亮，空空荡荡。室内装修完全是实用性的，石头桌面的餐桌，耐磨的黑色木椅，白色的墙壁。女士看起来有点拘谨、有些胆怯，不习惯独自坐在公共场所。她的身上似乎发生了什么变故。她使观众不由自主地想象关于她的故事——背叛或失去的故事。她端起咖啡送往唇边，竭力让手不要发抖。这或许是在一个北美大城市、2月的某个晚上11点。

《自动贩卖店》是关于忧伤的画作——但却并不令人忧伤。同伟大而伤感的音乐作品一样，它有着感人的力量。尽管布置简单，但场景本身并不显得凄凉。室内的其他人或许都是形单影只，不管是男人还是女人，各自喝着咖啡，同样陷入沉思，同样远离社会：这是一种大家共有的孤独，对任何一个独处的人来说，可以有效地缓解孤独带来的压抑。霍珀让我们对这位孤独中的女性感到同情。她看起来高贵大方，只是或许有点过于轻信，有点幼稚——似乎她刚刚遭受挫折。霍珀让我们感受着她的感受，将心比心，设想她的处境。

在路边的小餐馆和深夜的自助餐厅、旅馆大堂和车站的咖啡

爱德华·霍珀:《自动贩卖店》,1927 年

馆,我们可能会冲淡那种在一个孤立的公共场所油然而生的孤独感,反倒重新找到一种独特的群体感。家庭氛围的缺乏、明亮的灯光和毫无特色的陈设能够让人们从家庭虚假的舒适中解放出来。同家里挂着相框和贴着壁纸的客厅相比,在这些地方,我们更容易被忧伤所支配——这种像避难所的装设更能让我们放松。霍珀作品中的人物并不反对家庭本身,真实情况仅仅是,由于各种不明的原因,家庭似乎背叛了他们,迫使他们步入夜的孤独或漂泊

在路上。对于那些因为高尚的原因而不能在这个平凡的世界找到一个家的人来说，全天候开放的小餐馆、车站的候车室和汽车旅馆便是他们的避难所。

与任何伟大的艺术家接触，都能产生一种效应，他们的作品会使我们开始关注这个世界上的某些事物，这些事物我们能够理解，而艺术家则体会深刻。我们对某种所谓的霍珀场景变得更加敏感，这种现象不仅在霍珀曾经涉足的北美可以找到，而且在发达世界的任何地方都可以找到，只要有汽车旅馆和服务站、路边餐馆和飞机场、汽车站点和夜间超市。霍珀开启一代艺术先河，以一些“边缘”空间为题，所谓边缘空间，指那些在家庭和办公室之外的地方，是那些稍作停留的地方，身处其间，我们更能够体会某种孤独的诗歌。在安德烈亚斯·古尔斯基[1]和汉娜·斯塔科[2]的照片背后，在维姆·文德斯[3]的电影和托马斯·伯恩哈德[4]的著作中，我们都可以找到霍珀的影子。

1 Andreas Gursky（1955—　），德国摄影艺术家，以大尺寸建筑和风景照片闻名。——译者

2 Hannah Starkey（1971—　），英国摄影师，擅长从日常生活中抓取具有叙事效果的场景。——译者

3 Wim Wenders（1945—　），著名德国电影导演。——译者

4 Thomas Bernhard（1931—1989），奥地利著名小说家、剧作家和诗人，被誉为最重要的二战后德语作家。——译者

记得有一个晚上，在伦敦和曼彻斯特之间高速公路旁的服务站里，我发现了霍珀场景。客观地说，这不是一幢漂亮的建筑。灯光明亮，毫无遮掩，让脸上的苍白和斑点纤毫毕现。椅子和凳子，涂着略显幼稚的明亮油漆，类似人们强颜欢笑的表情。加油站里没有人说话，没有人流露出好奇心，或者流露出同周围人搭讪的意思。我们的眼神空洞地越过彼此看向柜台，或看向黑黝黝的户外。此情此景，如同我们处于岩石群之中。我坐在一个角落里，吃着巧克力棒，不时啜吸着橙汁。我感觉很孤独，但是，就这一次而言，却是一种柔和的，甚至令人愉悦的孤独，因为，我的孤独面对的不是欢声笑语和呼朋引伴，如果是那样，我将因为我的情绪和环境的巨大对比而饱受折磨，而此时的孤独却置于这样一个环境：人人都互不相识，当前的建筑和灯光似乎确认，甚至粗暴地赞美了交流的困难和对爱的可望而不可即。

服务站总是让我想起霍珀的《加油站》（*Gas*, 1940），创作时间晚于《自动贩卖店》13 年，与其早期画作一样，同样探讨孤独。我们看到一座加油站孤零零地立于即将降临的夜色之中。但是在霍珀的笔下，这种孤独再次令人忧伤、令人神往。黑暗像浓雾一般，从画面的右边蔓延开来，预示着某种恐惧，与加油站象征的安全形成鲜明对照。在黑夜与荒野森林的背景下，在这人类最后的堡垒中，应该比白天的城市更容易让人生出亲近的感觉。

爱德华·霍珀:《加油站》，1940 年

咖啡机和杂志，两样人类微小欲望和虚荣的象征物，对应着加油站外宽阔无垠的非人类的世界和绵亘数英里的森林，而在这森林里，不时可以听见熊和狐狸行走时将脚下的树枝踩断的声音。杂志封面上用亮粉红色的字体向我们建议，我们在这个夏天应该把指甲涂成紫色；咖啡机上方写有提示，邀我们品尝刚刚烘焙的喷香咖啡豆，在这些建议和提示中，有种令人感动的东西。在这道路即将延伸进无边森林的最后一站，我们与他人的共同点被空前放大，远甚我们的不同之处。

霍珀的作品有种奇怪的特征，它似乎想向我们展示一些转瞬即逝、背井离乡的场景，但我们却能够在画面的启发下，回想起我们内心深处的一些重要地方，宁静而忧伤、严肃而真实的地方：它能够让我们想起自己。一个人怎么可能忘记“自己”？关键之处，不是真正地忘记实际的内容，而是忘记我们自身的某些组成部分，正是这些部分的存在，我们独特的统一人格和幸福意识才能得以确立。我们都有众多不同的自我，并非每一个自我都同等程度地与“我们”相似，在面对自己的外观长相的时候，这种分裂感受尤其明显，摄影师拍下的形象，虽然与标有我们名字的存在密切相关，但事实上却与我们愿意认同的精神和态度关系不大。这种视觉机制与心理机制有所相似，因为在我们的内心，我们意识到有很多思想和情绪，它们迥然不同，似乎像不同的人格——这是一种内在的流动性，它偶尔会让我们觉得我们并非我们自己，根本无关超自然的因素。

观看一张图片，我们能认识到，它对我们既至关重要，又遥不可及——我们购买这个图片的明信片，将其悬挂在书桌上方的显眼之处（比如我的书桌上方就有很多霍珀作品的明信片），其动机之一就是将其作为一种时常存在的可靠符号，代表我们想要成为的、心目中真正自我的情感质地。每天看到这样的图片，希望能够受其内涵的感染。我们在图片上所欣赏的并非其表达的题材，而是其表现的格调，是通过颜色和形式所表达的情绪态度的记录。我们深知，我们必将远离图片中的格调，想要永远地保持图片中的情绪不仅不可能，而且不现实，我们必将成为各种不同的人（观点明朗、意识确定的人，机智幽默、对子女富有权威的人），但我们还是欢迎这种图片，让其不时提醒我们，给我们精神上的慰藉。

霍珀对汽车和火车也同样情有独钟。旅行似乎能够让我们沉浸在某种内省的情绪中，霍珀就是被这种情绪所吸引。他喜欢捕捉火车穿越风景地时半空的车厢里的气氛：只听见车轮有节奏地敲打铁轨的声音，车厢里则一片沉寂，车外的声音和窗外的风景形成一种梦幻般的场景，身处其中，我们似乎摆脱了通常的自我，拥有了一些在安定环境下无法拥有的思想和记忆。霍珀的《293号车厢C舱》（*Compartment C, Car 293*，1938）中的妇女似乎就沉浸在这种情绪中，看着书，眼光在车厢和风景之间来回游弋。

很少地方比在行进中的飞机、轮船和火车上更容易让人倾听到内心的声音。我们眼前的景观同我们脑子里可能产生的想法之间存在着某种奇妙的关联：宏阔的思考常常需要有壮阔的景观，而新的观点往往也产生于陌生的所在。在流动景观的刺激下，那些原来容易停顿的内心求索可以不断深进。我们倘若应人要求去讲一个笑话或模仿一种口音，效果往往差强人意；同理，如果只

爱德华·霍珀:《293号车厢C舱》,1938年

是为思考而思考，我们的脑子可能不愿去好好思考。当我们脑子在思索的同时还有别的消遣，如听音乐或让目光追随一排林木的时候，我们的思考其实是得到了改善。我们脑子中有部分思维是紧张不安、吹毛求疵、讲求实际的，当注意到意识已遭遇困境，这部分思维就会选择封闭自身，逃避记忆、渴望、内省或独创性的观点，进而选择操作性的、非人格性的思维，而音乐或景色能够暂时地让这部分思维分散注意力。

在各种交通方式中，火车也许最益于思考：同轮船和飞机比较，坐在火车上，我们绝不会担心窗外的风景会单调乏味；其速度适中，既不会太慢而让我们失去耐性，也不会太快而让我们无法辨认窗外的景观。在行进过程中，火车能让我们瞥见一些私人空间，譬如说，我们可能刚刚看见一位女士正从厨房的餐台上拿起杯子，紧接着看见一个露台上正睡着一位先生，再接下来，看见公园里一个小孩正在接一只球，至于抛球的人我们却看不见……这些私人空间，虽是短短的一瞥，却给人无限遐思。

在长时间的火车梦幻的最后阶段，我们会感觉自己返归本真——亦即开始清楚那些对我们真正重要的情感和观念。我们并非一定得在家里才最有可能接近真实的自我。在家时，家庭装饰会阻挠我们改变，因为它们并没有改变；家居生活的模式也让我们维持着日常形象，而这形象，可能并非我们的本我形象。

旅馆也能够提供类似的机会，让我们摆脱日常思维习惯，难怪霍珀反复以旅馆为主题进行创作（《旅馆房间，1931》《旅馆大堂，1943》《游客的房间，1945》《铁路边的旅馆，1952》《旅馆窗口，1956》和《西部汽车旅馆，1957》）。躺在旅馆的床上，四周寂静无声，唯有建筑深处的电梯不时发出嗖嗖的声响，此时此刻，我们可以忘却到达之前的一切劳顿，任思绪驰骋，我们可以回顾那些重要却被忽略的体验。面盆边用纸包着的小肥皂，小吧台上陈列的小瓶包装的酒，承诺整晚提供送餐服务的菜单，以及25楼下平静而又有些骚动的陌生城市的夜景等，这全然陌生的环境能促使我们从一个新的高度来省察我们的生活。这高度，是我们在家中，为日常琐事烦扰时所不能达到的。凌晨时分，旅馆的便条纸很可能记录下格外鲜明强烈、发人深省的思想。

如果爱情的特征之一是克服孤独，那么下面的情况与此非常符合，我和我现在的妻子认识不到几周，我们发现彼此都喜欢孤独的霍珀式的空间，特别是小餐馆。小餐馆（Little Chef）在英国生活中的地位，就如同小饭馆（diner）在美国生活中的地位：丑陋的地方，糟糕的食物，却不乏诗意。我妻子小时候就经常被父亲带到小餐馆去，他父亲沉默寡言，喜欢点一份英式早餐，读着报纸，或者望着窗外，抽着香烟，一句话也不说。感觉就像从

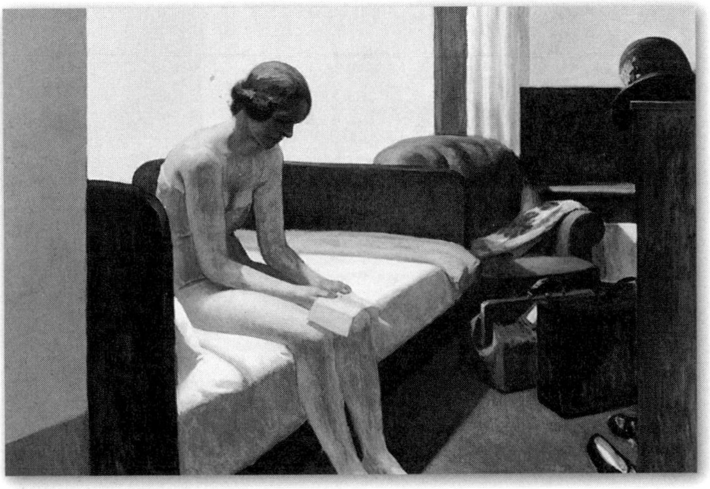

爱德华·霍珀:《旅馆房间》, 1931 年

日常生活的轨迹中暂时脱离出来，从萨福克郡[1]那单调而平淡的集镇成长生活中暂时解脱。菜单色彩明亮，有人把食品端上你的桌子，窗外或许有一架滑梯可以玩。她总是点上一份节日煎饼，有一年过生日的时候，她点了 2 份，结果坐在家里汽车的后座上恶心欲呕。上大学时，当她想暂时逃离温室般的校园环境，当她想看着更多的世俗生活在眼前流过时，小餐馆便成为她的最佳选择。

对我而言，我记得与父母同上小餐馆，是难得的盛事（或葬礼仪式），往往在回到寄宿学校之前。小餐馆是一个多彩的、温暖的、振奋人心的地方，我希望一直待在那里，它与我即将要去的地方有多么鲜明的对比啊。等我长大后，在我 20 多岁的漫长而痛苦的孤独岁月里，我常常会驾车离开伦敦，在一个小餐馆吃一顿孤独的午餐。在一个完全孤独的环境里感受自己的孤独，能够给自己带来慰藉。此种感觉，恰如一个人在心情不佳的时候阅读叔本华。小餐馆在很多方面是关于孤独的；特别是关于一种英国式的孤独。小餐馆不仅代表孤独，而且是孤独得别具一格的良药。

由于小餐馆不同寻常的环境，我们能够暂时地逃避某些家庭的桎梏，逃离某些思维习惯和世俗社会的条条框框——享受另一种令人心醉神迷的生活景象。喜欢小餐馆，并不仅仅意味着拥有

1 Suffolk，英国英格兰郡名。——译者

机场

飞机

某种对餐馆的品味，而且意味着一种内在的、非常隐秘的心理意识。居然没有更多的人在小餐馆举行婚礼，真令人嗟叹不已。

奥斯卡·王尔德曾说，伦敦以前没有雾，直到惠斯勒[1]画出来后才有了雾。伦敦以前当然是有很多雾的，只是没有惠斯勒的作品来引导我们的视线，我们有点难以发现它的特征。王尔德关于惠斯勒的评价，我们也可以用在霍珀身上：在爱德华·霍珀开始作画之前，在这个世界上，人们能够看到的服务站、小餐馆、飞机场、火车、汽车旅馆和小饭馆少之又少。

1 James McNeill Whistler(1834—1903)，著名画家，在美国出生，主要在英国居住，其作品具有唯美主义倾向。——译者

机场散心

021.

当我们在家感到沮丧或无聊的时候，有一个不错的地方可以去：机场。不是为了乘飞机——最容易让你讨厌机场的办法无疑就是被迫使用它，而是去欣赏它，就像欣赏一张图片，或者更准确点，欣赏一出芭蕾舞剧。

在一个阴沉沉的日子，希思罗机场的跑道一边，出现了一架747，起先只是一个明亮的白色小光团，如同一颗星星朝大地坠落。它已经在空中飞行了12个小时左右。它拂晓时分从曼谷起飞，飞越了孟加拉湾、德里、阿富汗沙漠和里海，接着它一路沿着罗马尼亚、捷克共和国的路线飞行，在诺曼底海岸上方开始下降，降落过程非常平缓，几乎没有乘客能够感觉到发动机声音的变化。从地面上看来，白色的光团逐渐显现出形状，成了一个两层楼高的庞然大物，巨大的机翼下悬着的四只引擎像是它的耳环。在毛毛细雨中，当飞机以威严的姿态朝机场降落时，机身后成团的雨雾凝结，像是它拖曳的面纱。飞机是世界性的象征，携带着其飞越过的所有地方的痕迹；它永不停歇的飞行给人们以想象的力量，借此消解心中的沉滞和幽闭感。还是在早晨，飞机在马来半岛——一个让人联想到番石榴和檀香木气息的地方——的上空飞行，而现在，在如此长时间地脱离地面之后，在离地仅数米的上空，飞机似乎已趋静止，它的鼻子向上，像是在稍作歇息，然后，它的16个后轮接触到柏油跑道，掀起一阵烟尘，充分显示了其速度和重量。

在一条平行的跑道上，一架A340正起飞前往纽约。飞机收起了阻力板和机底的轮子，因为在接下来的8小时穿云越海的飞行时间、3 000英里的飞行距离里，飞机用不上它们，直到飞行至长滩一排排白色长条板平房的上方，飞机准备降落时才再度用得上它们。从飞机涡轮风扇发动机排出的热雾里，可以看见别的整装待发的飞机。放眼整个机场，到处可见正在移动的飞机，在灰色的地平线的陪衬下，它们多彩的后翼如同帆船赛场上林立的船帆。

机场航站楼的背面，沿着其由玻璃和钢架结构建成的外墙，停靠着3个庞然大物，它们身着的制服表明了它们来自不同的地方：加拿大、巴基斯坦、韩国。在起飞前的几个小时里，它们机翼的间隔才不过几米，但随后，它们将开始各自的旅程，迎着平

流层的风飞向各自的目的地。同船泊靠码头时的情形相似，飞机降落后，一场精心设计的舞蹈也就开始了。卡车溜到机腹下方；黑色的油管牢牢地接到机翼上；舷梯低下头把方形的橡胶嘴唇固定在机身上；货舱门打开了，卸下有些磨损的铝制货箱，货箱里装载的可能是几天前还悬挂在热带果树枝头的水果，或者是几天前还生长在高原峡谷里的蔬菜；两个穿制服的工作人员在飞机的一个引擎旁架好了小梯子，他们打开引擎罩，里面全是布局复杂的电线和细钢管；毛毯和枕头从前舱卸下了飞机；乘客们开始走下飞机，对他们而言，这个普通的英国午后将会有些超自然的意味。

在机场，最引人注目的东西莫过于航站楼天花板下悬着的一排排电视屏，上面显示着进出港航班的情况；这些显示屏，不曾有美感上的考虑，外壳整齐划一，屏上显示的文字版式呆滞乏味，却不能掩盖它们富有感情和想象力的吸引力。东京、阿姆斯特丹、伊斯坦布尔；华沙、新加坡、里约热内卢。这些显示屏能引发人们诗意的共鸣，一如詹姆斯·乔伊斯的《尤利西斯》的最后一行："的里雅斯特、苏黎世、巴黎。"不仅明晰地记录了小说《尤利西斯》的写作地点，同样重要的是，它揭示了隐藏在这一行文字背后大都会精神的象征。这些显示屏上持续不断的召唤，有时还伴随有屏幕上光标不安分的闪烁，似乎在昭示，我们看起来根深蒂固的生活多么容易被改变：假设我们走过一条通道，登上飞机，那么数小时后，我们将置身于一个全然陌生的地方，在那里，没有人知道我们的名字。下午3点，正是我们困乏和绝望之际，如果我们穿越思维的缝隙，坚信总会有一架飞机带着我们飞向某一个地方，那该是多么快意的事情！

一架飞机停靠在一个登机口，相形之下，它周围的行李车和机械师是如此的渺小。看见如此场景，人们会抛开所有的科学解释发出惊叹：如此庞大的飞机如何能够移动，哪怕只是移动几米，遑论飞到日本！楼房，也算是人类所能建造的少数可与之相比的庞然大物之一，但地球的轻微震动便可能使它们四分五裂，它们透风渗水，强风下，还会遭受损坏，比不得飞机的灵活和泰然。

生活中很少有什么时刻能像飞机起飞升空时那样让人释然。飞机先是静静地停在机场跑道的一头，从机舱的玻璃窗看出去，是一长串熟悉的景观：公路、储油罐、草地和有着古铜色窗户的酒店；还有我们早已熟知的大地，在地面上，即便是借助小汽车，我们的行进仍然缓慢；在地面上，人和汽车正费力向山顶爬行；在地面上，每隔半英里左右，总会有一排树或建筑挡住我们的视线……而现在，随着飞机引擎克制的轰鸣（只有机上厨房里的玻璃杯轻微的颤动），我们平稳地升上了天空，眼前展现的是直视无碍的广阔视野。在陆地上我们得花上整个下午才能走完的旅程，

026.

在飞机上，只要眼珠微微转动便可一扫而过。

飞机的起飞为我们的心灵带来愉悦，因为飞机迅疾的上升是实现人生转机的极佳象征。飞机展呈的力量能激励我们联想到人生中类似的、决定性的转机；它让我们想象自己终有一天能奋力攀升，摆脱现实中赫然迫近的人生困厄。

这种视野上新的优势使陆地上的景观整饬有序、一目了然：公路弯曲，绕过山头；河流延伸，通向湖泊；电缆塔从发电厂一直架设到各个城镇；那些在陆地上看上去布局混乱的街道，现在看来似乎是精心规划的条格布局。我们的眼睛试图把此刻所见与先前的认知连结在一起，像是用一种新的语言来解读一本熟悉的书。照此思路，我们的生活是如此狭隘，就像井底之蛙：我们生活在那个世界里，但我们几乎从未像老鹰和上帝那样睹其全貌。

飞机引擎似乎毫不费力便将我们带到高空。悬在高空，周围是难以想象的寒冷，这些飞机引擎用一种我们看不到的方式持久地驱动飞机，在它们内侧，用红色字母印出的是它们唯一的请求，要求我们不要在引擎上行走，要求我们只给它们喂食 D50TFI-S4 号油，这些请求是给即将到来的一组身穿工作服的人们的，他们此时还在 4 000 英里外，正呼呼大睡。

身处高空，可以看见很多的云，但对此人们似乎谈论不多。

在某处海洋的上空，我们飞过一大片像是棉花糖似的白色云岛，对此，没有人觉得这值得大惊小怪，尽管在皮耶罗·德拉·弗兰切斯卡[1]的绘画作品中，这云岛可以是天使，甚至是上帝的一个绝佳的座位。机舱内，没有人起身煞有其事地宣布说，从窗户看出去，我们正在云海上飞行；而对列奥纳多·达·芬奇[2]、普桑[3]、克劳德[4]和康斯特布尔[5]等人而言，这景致恐怕会让他们留恋。

飞机上的食物，如果坐在厨房里享用，可以说是毫无特色，甚至让人倒胃口，但现在，因为面对的是云海，这些食品却有了不同的滋味和情趣（一如坐在海边峭壁之巅，一边看惊涛拍岸，一边野炊，这时吃哪怕是普通的面包和奶酪也会让人神采高扬）。仅依赖飞行中的小餐板，在原本毫无家的情趣的机舱内我们感觉到了如家的自在：我们吃的是冷面包卷和一小盘土豆色拉，赏的是星际美景。

细看之下，我们发觉机舱外陪伴着我们的云朵并非我们想象中的情形。在一些油画作品中，或者是从地面上看去，这些云朵

---

1 Piero della Francesca（1420—1492），意大利文艺复兴时期重要画家。——译者

2 Leonardo Da Vinci（1452—1519），伟大的佛罗伦萨艺术家兼科学家。——译者

3 Nicolas Poussin（1594—1665），法国古典主义绘画奠基人。——译者

4 Claude Lorrain（1600—1682），法国风景画家。——译者

5 John Constable（1776—1837），英国 19 世纪风景画家。——译者

On Seeing and Noticing

029.

看上去是平平的椭圆体，但从飞机上看去，它们像是由剃须泡沫层层堆砌而成的巨型方尖塔。它们和水汽的关联是显而易见的，但它们更容易散发，更加变幻无常，因而更像是刚刚爆炸的东西所产生的尘雾，仍然在变化之中。人们至今还在困惑，为什么不可以坐在一团云上。

云朵带来的是一种宁静。在我们的脚下，是我们恐惧和悲伤之所，那里有我们的敌人和同仁，而现在，他们都在地面上，极其渺小，只是地球上的一丝痕迹。也许我们早已参透了这样的真谛，但现在，我们倚着飞机冰凉的舷窗，这种感觉变得从未有过的真切——我们乘坐的飞机是一位教授深奥哲学的老师。

为爱撒谎

035.

1. 爱情的反讽之一，你越不喜欢一个人，你越能够信心百倍、轻而易举地吸引她；强烈的欲望使人丧失了爱情游戏中必不可少的一种漫不经心；你如被人吸引，就会产生自卑情结，因为我们总是把最完美的品质赋予我们深爱的人。我爱上了克洛艾，意味着我对自己的价值丧失了所有的信心。我是谁，怎么配坐在她的旁边？这是我多大的荣幸啊，她同意与我共进晚餐，愿意穿着如此优雅［“这身衣服怎么样？”她在车里问道，“但愿不错，因为我都换了5套衣服了”］，更何况当我嘴巴里冒出一些毫无价值的话语［如果我的舌头还能转动的话］，她居然愿意回应。

2. 一个星期五的晚上，克洛艾和我坐在一家名叫“危险的关系”的餐馆角落的一张桌子旁。这是一家刚刚开张的法国餐厅，坐落在富勒姆大街的尽头。没有什么环境能够比这里更完美地与克洛艾的美丽相配：枝形吊灯在她脸上洒下柔和的影子，淡绿色的墙壁映衬着她浅绿色的双眸。然而就在此时，好像被桌对面看着我的天使施法变成了哑巴，我发现［几分钟前还在热烈地交谈］我突然丧失了思考和说话的能力，只能一言不发地坐在那里，在浆过的洁白的桌布上画一些不可见的图案，机械地啜饮着一只很大的高脚杯里面冒泡的水。

3. 出于这种自卑情结，便需要让自己表现出一种并非直接隶属于我自己的人格。这是一个吸引他人时的自我，能够发现并迎合这个高高在上之人的需求。是爱情对我进行惩罚，让我不再成为自己？或许并非永远如此，但是如果认真考虑的话，至少在诱惑阶段的确如此，因为从诱惑人的立场出发，我问什么可以吸引她？而不是什么吸引我？我问她怎么样看待我的领带？而不是我怎么样看待我的领带？爱情迫使我以想象中的意中人的眼睛来观察我自己。不是问：我是谁，而是问：对她而言我是谁？在思考这些问题的时刻，我的自我不由自主地变得有点不诚实和不忠实。

4. 这种不忠实并不一定体现为恶劣的谎言或夸大事实。它只是意味着努力猜测克洛艾想要什么，以便于我按照角色要求说出正确的台词。

“你要不要来点酒？”我问她。

“我不知道，你要不要来点酒啊？”她反过来问我。

“我真的无所谓，如果你想喝点的话。”我回答道。

“你决定吧，怎么样都行。”她说。

“喝不喝我都可以。”

“我同意。”

“那我们喝还是不喝？”

“那么，我觉得我就不喝了吧，”克洛艾大胆地说。

“你说得对，我也不想喝。”我赞同道。

“那我们就不喝酒了。”她总结陈词。

“太棒了，那我们就喝水吧。”

5. 虽然保持忠实的自我有一个先决条件，即，能够不受他人的影响而获得稳定的个性，但今天晚上我却试图根据克洛艾的意愿来定位自己、改变自己，丝毫不顾忠实性的原则。她希望一个男人具有什么样的品质？她的品味和倾向是什么？我可以据此调整我的行为。如果认为保持真实的自我是个人道德的基本标准，那么爱的诱惑让我在道德考验中一败涂地。克洛艾头顶上方的黑板上有醒目的酒类广告，面对如此诱人的可供选择的酒水，我为什么要拿自己的感受撒谎呢？因为我的选择在她对矿泉水的需求面前显得无足轻重和卑俗不堪。诱惑的意图让我一分为二，一个真实的［喝酒的］自我和一个虚假的［喝水］的自我。

6. 第一道菜上来了，菜肴摆放得极其精致，就像地道的法国花园那样匀称整齐。

“好漂亮啊，都舍不得动，”克洛艾说［我完全了解这种感觉］，“我以前从未吃过像这样的烤金枪鱼。”

我们开始吃饭，唯一发出的声音是刀叉与瓷餐具碰撞的声音。似乎没有什么话可说：太长时间以来，克洛艾是我唯一的念想，但此时此刻我却不能和她分享这一点。沉默是严厉的谴责。与一个缺乏吸引力的人在一起时保持沉默，意味着对方是无聊之人。而与一个充满魅力的人在一起时保持沉默，你肯定会认为自己才是那个无聊透顶的人。

7. 沉默和笨嘴拙舌或许恰恰证明了愿望的强烈，从而被人同情和原谅。诱惑一个你无所谓的人要容易得多，一个心胸宽阔的人会发现一个最笨嘴拙舌的求爱者往往是最真诚的求爱者。拙于言词反而可以证明其真情实意（如果能用语言表达出来的话）。在小说《危险的关系》[1]里，梅尔特伊侯爵夫人写信给瓦尔蒙子爵，指责他的情书过于完美，逻辑过于严密，不像是一个真正坠入爱河的人的心声。一个真正坠入爱河的人思绪凌乱，无法雕饰华丽的辞藻。语言在爱情面前无法自制，错误百出，因而欲望往往不能流畅地表达［但在那一刻，我多么情愿拿我的笨嘴拙舌与瓦尔蒙子爵的华丽词藻作交换］。

8. 为了诱惑克洛艾，我必须更多地了解她。除非我知道应该采取哪种虚假的自我，否则我如何放弃真实的自我？然而这绝非轻而易举的事情，让你明白要理解他人需要长久的仔细观察和解读，从万千言语和动作中梳理出完整的性格。不幸的是，这项工作所需要的耐心和智慧远远超出了我焦虑而痴迷的大脑的能力。我表现得就像一个持还原论的社会心理学家，急于把一个人框入简单的定义之中，而不愿意像小说家一样，用细腻的手法去捕捉人类天性中的多种质素。在吃着第一道菜的时候，我笨拙地提出诸多问题，就像采访一样：你喜欢看什么书？［“乔伊斯，亨

1 *Les Liaisons dangereuses*（1782），是法国作家拉克洛（Choderlos de Laclos）的书信体小说，讲述梅尔特伊侯爵夫人和瓦尔蒙子爵两位情场高手的故事。

利·詹姆斯，如果有时间的话，还看一看《时尚》[1]杂志。”］你喜欢你的工作吗？［“所有的工作都令人讨厌，你觉得呢？”］如果你可以随意选择的话，你想生活在哪个国家？［“我觉得这儿就不错，任何地方都可以，只要吹风机不需要更换插头就行。”］周末你一般干什么？［“星期六看看电影，星期天储备一些巧克力，以备晚上心情郁闷的时候吃。”］

9. 在每一个诸如此类的笨拙的问题背后［我每多问一个问题，我距离了解她似乎更远一步］，总有一种按捺不住的冲动，想最直接地向她提问，“你是一个怎样的人？”［从而知道“我应该做一个怎样的人”？］然而这样一种直接的手段注定是要失败的，我越直接地提出问题，就越偏离我的目标；结果是我虽然知道了她阅读何种报纸，喜欢何种音乐，却并不因此让我明白她会是“一个怎样的人”——一个使“我”消除自我的提示者，假如有人需要这种提示的话。

10. 克洛艾讨厌谈论自己。或许她最明显的特征是某种谦逊和自我贬低。每当谈话让她论及自身的时候，克洛艾总是使用最

1 Cosmo，全球著名、主要针对女性读者的时尚类杂志。——译者

苛刻的字眼。绝不简单地是“我”或“克洛艾”，而是“像我这样的一个废物”或“轻度神经过敏而获得奥菲莉亚[1]奖的得主”。她的自我贬低似乎没有隐含的自怨自艾，诸如需要两人配合的自我贬低：我太笨了/不，你一点都不笨，因此克洛艾的自我贬低显得尤其富有吸引力。

11. 她的童年并不愉快，但她对此持有坦然的心态［“我痛恨童年的戏剧表演，因为那里面的约伯[2]看起来只是受了一点轻伤”］。她出生在一个家境富裕的家庭。她的父亲［“自他出生之日起就麻烦不断”］曾经从事学术工作，是一位法律教授，她的母亲［“克莱尔”］曾开过花店。克洛艾是中间的一个孩子，是夹在两个备受宠爱、完美无缺的男孩之间的女孩。她的哥哥在她 8 岁生日之后不久死于白血病，父母的悲伤表现为对女儿的恼怒：他们的女儿在学校学习差劲，在家里脾气糟糕，居然能顽固地活下来，而他们的宝贝儿子却不能。她满心内疚地长大，对发生的一切充满了自责，而她母亲丝毫没有帮她减轻这种心理负担。她的母亲喜欢挑剔别人的致命弱点，并且抓住不放——所以克洛艾总是被不停地提醒她的学习成绩与死去的哥哥相比是多么糟糕，她多么

1 Ophelia，莎士比亚悲剧《哈姆雷特》中精神失常的女主角。——译者
2 Job，基督教《圣经》故事人物，备历危难，仍坚信上帝。——译者

不善交际，她的朋友多么声名狼藉［这些批评并不是很正确，但每多提醒一次，其真实性就增加一分］。克洛艾向父亲寻求爱护，但这个男人虽然善于表达自己的法律知识，却不善于表达自己的感情，作为补偿，他可以学究式地与克洛艾分享其法律知识。直到克洛艾青春期的时候，她对父亲的失望彻底转变成愤怒，她公然反对他和他所代表的一切［我很幸运，没有选择法律作为自己的职业］。

12. 关于她的前男友，她只在吃饭时略微提及：一个在意大利修理摩托车，待她非常恶劣；另一个，她完全像妈妈一样照顾他，最终因为藏毒而进了监狱；还有一个是伦敦大学的分析哲学家［“你不要像弗洛伊德那样认为他代表着我的恋父情结，不要以为我不会与他上床”］；还有一个是路虎公司的试车员［“直到现在我都不知道为什么和他交往，估计是因为我喜欢他的伯明翰口音”］。但还是没有清晰的图像出现，因此我大脑中关于她的理想男子的图像随时需要调整。在谈论中她既有赞扬又有批评，迫使我疯狂地重新调整想要表现出来的自我。有一会儿她似乎在赞成感情的脆弱，而在下一刻她又在批评感情的脆弱，转而称赞性格的独立。有一会她认为忠诚是最高贵的品质，而在下一刻她又认为外遇合理，因为婚姻更虚伪。

13. 她的观点复杂难辨，让我一定程度上人格分裂。我到底应该释放出我的哪一面？我怎样才能不与她生分，同时不显出令人讨厌的枯燥乏味？当我们一道接一道地吃着菜［年轻的瓦尔蒙子爵感到一道道的阻碍］，我发现自己尝试性地提出一个观点，但 1 分钟以后又不动声色地改变了立场，来迎合她的观点。克洛艾的每一个问题都让人胆战心惊，因为它有可能包含一些惹恼她的东西。主菜［我的是鸭子，她的是三文鱼］是布满地雷的沼泽地——我是否认为两个人应该互相保持独立？我的童年苦涩吗？我有没有过真爱？那种感觉是怎么样的？我是一个感性的人，还是一个理性的人？上次选举的时候我投了谁的票？我喜欢什么颜色？我是否认为女人比男人更加善变？

14. 由于害怕说出一些对方不赞同的话会使关系疏远，惊人之语对我而言毫无价值。我只是按照我认为的克洛艾的想法调整自己。如果她喜欢硬汉，那我就是硬汉；如果她喜欢冲浪，那我就是冲浪爱好者；如果她讨厌下棋，我就讨厌下棋。在我看来，她对恋人的看法可以比作一件紧身衣，而我认为真实的自我却很肥胖，所以整个晚上就好像一个大胖子试图把自己套进一件太小的衣服里。我不顾一切地想把鼓出来的肥肉塞进过小的衣服，缩紧腹部，屏住呼吸，以免衣服的料子崩裂。如果我的姿态有点不像平时那样自然，这是完全可以理解的。一个胖子穿着过小的衣服，怎么可能显得随意自然呢？由于害怕衣服破裂，他不得不一动不动，屏住呼吸，祈祷他能够安然度过此夜。爱情已让我瘫痪。

15. 克洛艾现在面临着两难选择，到吃甜点的时候了，虽然她只能选择一样，却有着不止一种欲望。

“你认为我应该选择哪一个呢，巧克力还是卡拉梅尔糖[1]？”她问［她的前额上写满了内疚］。“或许你可以选择一个，我选择另一个，然后我们可以共享。”

两个我都不喜欢，我最近消化不好，不过问题的关键不在于此。

“我只喜欢巧克力，难道你不喜欢？”克洛艾问，“我不理解居然有些人不喜欢巧克力。有一次我和一个家伙一起出去，就是那个我告诉过你的罗伯特，我跟他在一起从来都觉得有点不对劲，但我不知道为什么。直到有一天我明白了，原来他不喜欢吃巧克力。我的意思是他不仅仅是不喜欢，这个家伙简直是讨厌巧克力。你把一条巧克力棒放在他的面前，他连碰都不碰。他思想的怪异我简直都没法跟你说，你知道的。从那以后，你猜怎么着，很显

1 caramel，一种焦糖味的耐嚼奶糖。——译者

然我们中断了往来。”

“这样的话，我们把两种甜品都点了吧，可以尝尝对方的。但是你想点哪一个呢？”

“我无所谓的。”克洛艾撒谎道。

“真的？如果你真的无所谓的话，我就选巧克力，我对它简直难以抗拒。你看见这里底下的双层巧克力蛋糕了吗？我想我应该点这个。它看起来巧克力含量很高。”

“你这样就不对了，”克洛艾说，咬着下嘴唇，流露出期待和惭愧的表情，“但为何不呢？你完全正确。生命苦短，想吃就吃。”

16. 然而我又一次撒了谎［我开始听见厨房里公鸡的叫声[1]］。我一直以来对巧克力都有点过敏，但是对巧克力的喜欢已经确定为能够与克洛艾和谐共处的必要条件，此情此景，我怎么可能坦承自己的意愿呢？

17. 尽管如此，我撒的谎还是有悖常情，因为它基于两个关于我的品味和习惯的假设：我的品味和习惯远没有克洛艾的品味和习惯重要；如果我的品味和习惯不同于她的品味和习惯，那么

1 《圣经》中耶稣被出卖时有一只公鸡叫起来，于是公鸡叫成为一切谎言、背叛和欺骗的标志。——译者

将会不可挽回地让她生气。其实我可以编造一个关于我和巧克力的动人故事［“我喜欢巧克力，胜过世上其他的任何东西，但是很多医生都警告我，如果我胆敢再吃巧克力，我就会一命呜呼。我接受治疗已经3年了”］，或许我还能够获得克洛艾深深的同情——但这样做，风险太高了。

18. 我的谎言，尽管被逼无奈，但还是令我羞惭不已，让我认清两种谎言：为了逃避的谎言和为了获得爱情的谎言。求爱的谎言和其他方面的谎言都截然不同。如果我向警察撒谎，隐瞒被拦住时的车速，我这样做有一个相当直接的动机，逃避罚款和坐牢。但为了求爱撒谎却有一个非常怪异的假设：如果我不撒谎，我将不会获得爱情。认为要诱惑意中人就得消除所有个性［因此也可能会事与愿违］，认为真正的自我不可避免地会与意中人心目中的完美形象相冲突（因而配不上意中人心目中的完美）。

19. 我是撒了谎，但克洛艾是否因此多爱我一点呢？她是不是把手伸过来，拉着我的手，或者提议我们不吃甜点了［尽管我们有点贪心不足，点了太多甜点］，直接回家？当然不是，她只是对卡拉梅尔糖的味道表示有些失望，认为我当初应该更加强烈地坚持点巧克力，然后又不经意地说，嗜好巧克力最终或许同讨厌巧克力一样成为问题。

20. 诱惑意中人是一种表演行为，是从自主行为到采取符合观众要求的行为的一种转变。但是，如同一个演员必须了解观众的期待一样，求爱者也必须知道意中人想听什么——因此，如果有确凿的理由反对为被爱而撒谎，那么演员将不知道什么才能打动观众。与自主行为相较，表演行为的唯一正当理由就在于它的有效性。但是由于克洛艾性格的复杂性，以及对模仿行为是否具有吸引力的疑惑，如果我当初采取诚实的或自主的态度，我追求克洛艾的成功率并不会大大降低。不忠实于自我只是让我在性格和观点上来回摇摆，徒惹笑话。

21. 目标的实现，往往是因为偶然性，而非事先计划。这对诱惑者来说无疑是个打击，诱惑者满心都是实证主义和理性主义，相信只要经过足够耐心和足够科学的研究，总可以发现坠入爱河的法则。诱惑者四处寻找爱情鱼钩，来钓住意中人——比如某种微笑、某种观点或某种持叉子的方式……但不幸的是，虽然爱情鱼钩对每个人而言的确存在，但如果我们在诱惑过程中上了钩，那也是因为巧合，而非计算。克洛艾究竟做了什么让我爱上了她？我爱她，很大程度上与她向侍者要黄油时的可爱样子密切相关，我爱她赞同我对海德格尔的《存在与时间》一书价值的理解。

22. 爱情鱼钩具有一种极其独特的品性，难以用任何逻辑的因果原则进行界定。一些女性有时候用来诱惑我的积极的招数，很少成为我被吸引的原因。我爱上一个女人，往往是因为一些毫不相干的或意料之外的爱情鱼钩，那些诱惑者并没有意识到，不加以利用这富有价值的资本。我曾经爱上过一个女人，她上嘴唇长有淡淡的绒毛。换作平常我会感到很厌恶，但这次我却奇迹般被迷倒，我对她的欲望固执地源自她的上嘴唇，而不是她甜蜜的笑容、金色长发或机智的谈吐。虽然我同朋友们谈论我为何被她吸引时，我试图表明是因为她具有的某种难以描述的“气场”——但我却无法掩盖一个事实，那就是我爱上了一片毛茸茸的上嘴唇，而不是别的什么。当我再次见到这位女士的时候，很显然有人向她推荐了电子除毛技术，因为她嘴唇上的绒毛不见了，同时［尽管她有众多的优点］我对她的欲望也随之消失。

23. 当我们打道回伊斯灵顿的时候，尤斯顿路依然交通堵塞。我早就想好要送克洛艾回家，但是一个两难的问题［吻别，还是不吻别］沉重地压在心头。在诱惑的某个时刻，演员必须冒一定的风险，或许会因此失去自己的观众。诱惑的自我想通过模仿行为讨好意中人，但是这个游戏最终需要一个人或对方来定义成败，甚至在进行中得冒着意中人疏远我们的危险。一个亲吻能够改变一切，两个人皮肤的接触会永久性地改变两个人的关系，结束猜谜性的谈话，承认一定的潜台词。然而，当我们抵达利物浦路23a号房屋的门口时，因为害怕错误地解读了她的意图，我得出结论，提出喝一杯富有寓意的咖啡的时机尚未成熟。

24. 但是在吃了这样一顿紧张而且富含巧克力的晚餐之后，我的肚子突然有了截然相反的需求，我不得不请求到克洛艾的房间去。我跟着克洛艾上了楼梯，进入客厅，在她的指引下进入卫生间。几分钟后从卫生间出来，由于想法没有发生变化，我伸手去拿外套，向我的意中人宣布，我度过了一个非常美好的夜晚，希望能够很快再见到她，在圣诞假期之后我会给她打电话，表明这个男人经过深思熟虑，认为节制是最佳选择、数周以来的魂牵梦萦依然应该维持原状。我对自己沉稳的告别感到相当满意，亲了亲她的双颊，祝她晚安，之后转身准备离开房间。

25. 在当时的情形下，很幸运的是，克洛艾并没有那么容易被说服，她抓住我的围巾，不让我离开。她把我拉回房间，双臂搂着我，牢牢地盯着我的眼睛，先前说起巧克力时忍住的笑这时方才露出，她轻声地说：“我们都不是小孩子，你知道。”

26. 说完这些，她把嘴唇贴上了我的嘴唇，开始了人类历史上最长久最美妙的亲吻。

工作与幸福

现代工作场所最显著的特征与计算机、自动化或全球化并无多大关系，而是在于一种普遍的信念，即我们的工作应该让我们快乐。此前所有的社会都将工作置于核心地位；我们的社会首次提出，工作不仅仅是惩罚或忏悔，而应该包含更多的内容。我们的社会首次表明，一个心智健全之人即使没有经济压力，也会从事工作。我们的社会与以往的社会不同，还在于我们通过对工作的选择来定义自身，因此当我们刚认识一个人的时候，我们问他的核心问题不是他来自哪里，他的父母是谁，而是他们是干什么的——好像唯有这点才能够准确地揭示人生最明确的特征。

关于工作的看法并非一直如此。希腊罗马文明视工作为苦差，最好交由奴隶完成。对柏拉图和亚里士多德来说，人生的成就感唯有掌握一笔私人收入才能实现，他们可以借此逃避日常的劳作，从而自由地投身于伦理道德问题的思考。企业家和商人在古代对幸福生活的定义中并没有扮演重要的角色。早期的基督教也视工作为苦，不仅认为工作实际上是必须的负担，而且提出一种更加灰暗的观点，即人类被罚辛苦劳作，是为了弥补亚当之罪。工作条件，无论多差，都不可改善。工作之苦，绝非偶然。这种观点是人类社会早期苦难不可避免思想的依据之一。圣奥古斯丁要奴隶服从主人，接受他们的痛苦，视其为他在《上帝之城》中所称的“人类生存之苦”。

现代社会对工作持更为乐观态度的转折点，最初出现在文艺复兴时期的意大利城邦，从关于当时艺术家的传记中更能体现出这一点。对米开朗琪罗和达·芬奇等人的生活描述中，我们能够发现一些思想，与我们今天对理想工作的定义非常相似：工作是通往真诚和荣耀之路。艺术工作不仅不是负担和惩罚，而且能够让我们超越日常生活的局限。我们可以在一张纸上，在一张画布上表达自己的才能，采用一些我们日常生活中永远不会用到的方式。当然，这种新的观点仅仅适用于艺术家精英们（还没有人想过要告诉一个仆人，工作可以开发他的真正自我——这一观点有待现代管理理论去发掘），但它却被所有后人奉为圭臬，用来定义通过工作获得的幸福。

直到 18 世纪晚期，这一观点才走出了艺术领域。在本杰明·富兰克林、狄德罗或卢梭等资产阶级思想家的著作中，我们发现工作被重新定义，不仅是挣钱的方式，而且是“变成自我”的方式。这种观念使需要和幸福相一致，这是典型的资本主义观点，准确地反映在当代对婚姻的重新定义上。婚姻被描述为一种制度，能够同时带来实际的利益和性与感情的满足（这是一种相当便捷的合并，贵族阶级曾经认为不可能实现，他们认为一个男人同时需要一个情人和一个妻子），因此人们声称工作既能够提供生活所需的经济保障，又能够提供激励和自我表达，后者曾经一度被认为是有闲阶级的专属权利。

同时，人们开始对从事的工作产生一种新的自豪感，因为工作分配的方式体现了某种表面的公平原则。托马斯·杰斐逊在其《自传》中说，他最自豪的成就是建立了一个精英管理的美利坚合众国，在这里“美德与天才的新贵族”取代了享有不平等特权、往往既野蛮又愚蠢的旧贵族。精英制度赋予工作新的、准道德的品质。由于享有盛名的、薪水丰厚的工作往往只有具备真正智慧和能力的人才能得到，那么你的工作头衔或许能够更直接地揭示你的本质。现在已经很难把职业成就与内在素质截然分开，也很难说有钱有权者就一定是通过堕落的方式获得其地位。

在整个 19 世纪，很多基督教思想家，特别是在美国的基督教思想家，相应地改变了他们对金钱的看法。美国新教教派认为，上帝要求他的信奉者过上世俗和精神双重成功的生活；世俗世界的财富，是另一世界享有高位的证据——这一观点直接体现在托马斯·P. 亨特牧师 1836 年发表的畅销书《财富之书：〈圣经〉证明每个人都有积累财富的责任》中。财富被描述为上帝对崇高的奖励。约翰·D. 洛克菲勒在宣称是上帝让他富有时没有丝毫的不好意思；而威廉·劳伦斯，马萨诸塞州的圣公会主教，在 1892 年写道："长期而言，只有那些拥有美德之人才能获得财富。如同赞美诗作者一样，我们偶然也能够看到邪恶者得势，但仅仅是偶然而已。虔诚与财富同在。"

在一个精英时代，卑微的工作不仅令人遗憾，而且就像它们的对立面——好工作更加激动人心一样，是理所应当。难怪人们开始询问彼此从事的工作——然后非常用心地倾听答案。

虽然这一切似乎都值得庆贺，但事实上，如同对婚姻的态度一样，现代人对工作的态度无意中给我们带来了麻烦——原因就是其纯粹的愿望和乐观。现在几乎任何工作都有人抱怨与现实应该提供的状态完全脱节。有些工作肯定能让人产生成就感，但大多数工作并非如此，而且永远都不会。所以，我们听一听现代社会之前的一些悲观的声音，或许是一种聪明的做法，如此一来，当我们在工作中并没有像人们告诉我们的那样开心的时候，我们就可以停止折磨自己。

威廉·詹姆斯曾经对幸福感和期望值的关系提出敏锐的观点。他认为自我满足感并非要求我们在任何一个努力的领域都很成功。我们通常并不会因为做事失败而深感耻辱，只有当我们把自豪和价值感寄托在特定的成就上，却没有实现目标的时候才感到耻辱。我们的目标决定我们定义何者为成功、何者为失败。

没有企图，就没有失败；没有失败，就没有耻辱。因此我们在这个世界上的自尊完全取决于我们决定做什么样的人，做什么样的事。自尊取决于我们的现状与我们所认为的潜力的比例。如下图：

$$自尊=\frac{成功}{期望}$$

工作中的幸福感现在如此难以获得，是因为我们的期望远远超出了现实。我们期待任何工作都能够像弗洛伊德或罗斯福的工作一样，能够让我们获得满足感。或许我们应该读读马克思。很显然，马克思对于如何达到理想社会所提出的种种设想或许并不正确，但他对工作为何经常让人痛苦有着一针见血的分析。康德在其《道德形而上学基础》（1785）中提出，对他人的道德行为要求一个人因为“他人本身”而尊重他人，而不是把他人当作自己发财致富或扬名显姓的手段。马克思在《共产党宣言》中提及康德的这一论点时，做出了一个有名的论断：谴责资产阶级及其新科学、经济学在一个很大的范围内实施了“不道德行为”：“[经济学]把人训练成机器——工人变成了机器的单纯的附属品。”马克思说，付给工人的工资，就像涂在机器上的油一样，是为了让他们继续运转。工作的真正目的不再是人，而是钱。

马克思随意地把前工业社会理想化，过于严苛地批评资产阶级，或许不是一个称职的历史学家，但是他的理论却深刻而真实地揭示了资本家和工人之间不可调和的矛盾。任何一个商业机构总是试图以尽可能低的价格获得原材料、劳动力和机器设备，将其结合，生产出产品，以尽可能高的价格进行出售。从经济学角度来说，这个等式中的每个因素本质上毫无差别。都是理性的机构试图以低价购进、有效运作、追求利润的商品。然而，问题是，在“劳动力”和其他因素之间存在一个差别，传统的经济学没有表达这种差异的方式，或没有重视这种差异，但这个差异却毫无疑问存在于这个世界：那就是劳动力会感觉到痛苦和快乐。当生产线变得非常昂贵难以承担时，将其关闭，它们也不会为其不公平的命运而哭泣。一个公司可以从使用煤炭更换为使用天然气，而被忽略的能源不会因此跳崖自杀。但劳动力却不同，面临降价或开除的时候，“它”就会产生强烈的情绪。“它”会在厕所隔间里啜泣，“它”会用酗酒来缓解对缺乏成就的恐惧，“它”会在被裁员时选择死亡。

这些情感反应向我们表明，在工作场所同时存在两种或许相互冲突的需求：其一为经济需求，要求公司的首要目的是获取利润；其二为人性需求，即工人渴望经济安全、尊重和工作保障，如果日子不错的话，甚至使工人渴望快乐。虽然这两种需求或许能够在相当长的时间和平共处，没有明显的摩擦，但所有靠工资养家糊口的工人的生活中都隐藏着一种焦虑，因为他们明白，如果在这两种需求之间进行严肃的选择，根据商业系统的逻辑本身，肯定是经济需求最终占据上风。劳资斗争，最起码在发达国家，已经不再像马克思的时代那样赤裸裸地表现出来。但是尽管工作条件有所改善，雇佣方面的法律法规有所完善，工人从本质上而言依然是实现利润的工具，他们自己的幸福或经济保障仅仅是附带的内容。不管在老板和雇员之间发展出何种同志般的友谊，不管工人表现出何种良好的意愿，也不管他们从事同一工作达到多长时间，他们都必须时刻明白，他们的地位并没有得到保证，他们因此而生活在随之而来的焦虑之中——他们的地位不仅取决于他们自己的工作表现，而且取决于他们机构的经济状况；他们也明白，他们只是实现利润的工具，因此他们永远都不会为自己而活着，虽然他们在感情层面非常渴望这样。

这一切都令人沮丧，但如果我们对现实视而不见，对工作的期待无限提高，那么我们的痛苦将会远超这一切。坚定地相信人生皆苦，是人类几百年来的宝贵财富，是对抗痛苦的壁垒，是梦想破碎的防线——然而人生皆苦的思想却被现代观念培育出的期望值无情地摧毁。

在我们度假结束时，如果我们想一想，当我们并不期待工作能够稳定地保证获得幸福，工作将会变得更容易忍受，如此一来，我们或许能够缓解自己的沮丧。

成人参观动物园的启迪

如果你去动物园参观，却不带小孩，人们会以奇怪的眼神看你。最理想的状态，莫过于带着一群小孩，并让他们吃着滴滴答答的冰激凌，手里还拿着一些气球。参观一个有东方小爪水獭或豹斑壁虎的动物园，似乎并非一个成年人度过下午的理想方式。当前伦敦的时髦话题是，你是否参观了国家美术馆举行的安格尔[1]画展，而不是摄政王公园里的伦敦动物园新来的倭河马。

但我5岁的侄子在最后一刻爽约（他突然想起当天是他最好朋友的生日），而我固执地决定按照原定计划度过这个下午。在我买了冰激凌之后（虽然我没有买气球），第一个想法是，动物看起来多么奇怪。除了奇怪的猫、狗或马，我已经有好多年没有见过一只真正的动物，一只长相奇特、熟悉丛林法则的生物。拿骆驼为例：一个U形脖子、两个毛茸茸的驼峰、像涂着睫毛膏似的眼睑以及一口黄色龅牙。旁边有介绍资料：骆驼可以在沙漠行走10天而无须喝水；它们的驼峰里装的不是水，而是脂肪；它们的眼睑如此设计是为了阻挡沙尘；它们的肝脏和肾脏能够从食物中吸干所有水分，使得它们的粪便又干又硬。介绍中还说，它们是世界上适应性最强的动物之一——对此我不由产生出一种幼稚的嫉妒，感叹人类的肝脏和肾脏有所不及，惋惜我们没有毛茸茸的驼峰，不然的话，可以让我们免去下午的茶点。

如果动物们如今看起来如此奇怪，那是它们适应自然环境的结果，达尔文如是说，身处摄政王公园，没有人会怀疑这一点。斯里兰卡的懒熊长着长长的灵活的嘴唇，缺少两颗上门牙，这样它就可以从蚁窝里舔舐蚂蚁和白蚁，任何一个从熟食店里买午餐吃的人对这种独具特色的面部特征都会很困惑。我一边吃着冰激凌，一边看着在烂泥中打滚的像涂了焦油似的倭河马，不由悲从中来。“恐龙”一词浮现在我的心头，并非它们与恐龙相像，而是因为它们让人想起恐龙是极端缓慢地适应环境的代名词。它们在世界上已经为数不多，未来的非洲大自然，将是更加灵活、更喜欢交配、如同小羚羊一般的动物的栖息地。

参观动物园，可以证明一句老生常谈：大千世界无奇不有。

---

1 Jean-Auguste-Dominique Ingres (1780—1867)，19 世纪法国著名画家，是新古典主义画风的代表，其艺术风格典雅精美，善于运用曲线来加强画面的流动感。——译者

每一个动物似乎都完美地适应某些事物，却与其他类型的事物势不两立。马蹄蟹永远不会登上《时尚》杂志的封面（它看起来就像一个长着弯腿的缩小版的军用钢盔），也不会阅读吉本[1]，但它却是深水生存的明星，从而不被鲨鱼吃掉。它安静地生活，偶尔在大洋底部滑动，去捕食软体动物。

当我们被迫参加饭后的"如果你必须成为一个动物，你想成为什么"游戏时（很可惜，这个作为晚上娱乐的游戏逐渐被看图猜词所代替），我们难免认同一些动物，而抨击另一些动物，只要能够叫得出名字。福楼拜喜欢这个游戏；在他的信中，他把自己比作不同的动物，如大蟒蛇（1841）、贝壳中的牡蛎（1845）、缩成一团来保护自己的豪猪（1853、1857）。而我则把自己比作马来貘、小霍加彼[2]、美洲鸵和乌龟（特别在周日晚上）。

动物园一边使动物看起来像人，一边使人看起来像动物，故而让人内心不安。"猿猴是人类的近亲，"猩猩笼子旁的图片说明文字里介绍说，"你能够发现多少相似点？"相似点当然太多了，超出了我们能够接受的程度。给它刮刮脸，穿上 T 恤和运动裤，

1 Edward Gibbon(1737—1794)，英国历史学家，其代表作《罗马帝国衰亡史》为世界名著。——译者

2 okapi，源于中非土著语。产于非洲，类似长颈鹿而较小，无斑，其颈也较短。——译者

那么坐在笼子一角挠着鼻子的那位就是我的表兄，只不过乔在白赛姿公园有一套大公寓房，而且这个夏天和他的孩子们在多塞特郡度过了2周的时光。1842年5月，维多利亚女王参观了摄政王公园里的伦敦动物园，她在日记里谈及一只刚刚来自印度加尔各答的猩猩："他很棒，喝茶时自斟自饮，他虽然像人，却让人感到痛苦和难受。"（读到这里，我想象自己被抓住后，关在假日旅馆房间那样的笼子里，通过一个小门传送一日三餐，一天无所事事，只能看电视——旁边有一群长颈鹿前来参观我，喜笑颜开，拍照摄影，舔着冰激凌，说我的脖子多么短小。）

我走出动物园，手里拿着一个德斯蒙德·莫利斯[1]望远镜，这或许是难以避免的事情。打电话约莎拉一起吃饭有其特定目的，它只是人类求偶仪式的一部分，与秋日晚上美洲鸵开始朝彼此怪叫并无本质差异。

一个人的怪异行为从本质而言往往是简单的动物性目的——食品、居住和后代的繁衍——的复杂化体现，如果能够发现这点，人们将再次获得一丝安慰。我或许应该去申请一张摄政王公园里的伦敦动物园的年票。

1 Desmond Morris (1928—)，英国著名动物学家和人类行为学家，曾任伦敦动物园哺乳动物馆馆长。——译者

单身男人的白日梦

069.

世上最浪漫的人无疑是那些无人与之浪漫的人。正是在我们身处孤独、没有工作或朋友来干扰内心的时候，我们才能真正理解爱情的精髓和必要性。整整1周时间电话寂静无声，每顿饭都是罐装食品，一边吃一边听着BBC播音员沙哑的毫无慰藉作用的声音——这个声音在描绘肯尼亚羚羊的交配习惯——只有在这个时候，我们才能真正理解为什么柏拉图曾声称［《会饮篇》（*Symposium*，公元前416）］没有爱的男人，就像一只仅有一半躯体的动物。

在这种遗世独立的时刻出现的白日梦很难说得上成熟，如果我们认为成熟意味着我们明了理想化和浪漫化的危害的话。在前往爱丁堡的一列火车上，我的对面坐着一个年轻女士，读着公司简报样的东西，一路吮吸着一盒苹果汁。当我们一路向北飞驰时，我假装在欣赏窗外的风景（干枯的田野和工业废墟），实际上却被眼前的天使牢牢吸引。栗色短发、苍白的皮肤、灰蓝色眼睛、鼻子上一簇雀斑，身穿条纹水手上衣，上面有一块小而明显的污渍，可能是午饭时吃通心粉留下的。列车过了曼彻斯特，朱丽叶放下手中的公司简报，拿起一本名为《中东食品》的菜谱。眉头透露出她很专注。夹心茄子。还有炸豆泥三明治、塔博勒色拉和古鲁可模样的东西，需要放入很多菠菜。她不时记下要点，笔迹弯弯曲曲的，但颇为认真。

陷入对一个人的爱真是太容易了。或者至少可以说陷入一种对另一个人的强烈的激情真是太容易了，你完全可以根据自己的喜好称其为爱、迷恋、病态或幻觉。当列车经过纽卡斯尔的时候，我已经在想和她结婚，在长满樱桃树的道路旁有我们的屋子，周日晚上她躺在我身边，我用手指梳理她栗色的头发，我们会静静地享受她做的某种中东饭菜，然后我终于感觉自己在这个世上有了一块立足之地，为之满怀感激之情。

类似时刻点缀着单身男人的生活，在前往爱丁堡的列车上、吃三明治午餐的时候或在机场大厅，可能只是惊鸿一瞥，就会发生这种情况，而没有丝毫外在行动表现出来。真是哀婉动人的故事，但毫无疑问，对夫妻生活极为重要。女士们应该感谢单身男人的绝望，因为正是这种绝望构成了未来坚贞不渝、无私奉献的坚实基础——或许还因为，这些在浪漫生活方面极为成功的人应该受到质疑，他们应该是缺乏相应的魅力，都没来得及经历好几天思慕一个女人的悲喜过程，他们由于害羞而不敢跟一个女人打招呼，而这个女人却在下一站下了车，留给男人的只是一个空的苹果汁盒与一箩筐的结婚计划。

无聊地方的魅力

075.

1. 我的家乡是苏黎世，你对它最真诚的赞美，就是把它描绘成这个世界上的一个伟大的资产阶级城市。当然了，这似乎并不像一种赞美——自从19世纪初浪漫主义运动开始以来，“资产阶级”一词对很多人而言，是严重的侮辱。“对资产阶级的憎恨是智慧的开端。”古斯塔夫·福楼拜如是说。对一个19世纪中叶的法国作家来说，这是一个标准的表达，对福楼拜而言，这种蔑视是他职业的象征，如同与一个女演员有染，一起去东方旅游一样。根据至今依然统治西方想象的浪漫主义价值标准，成为资产阶级，就意味着拼命奋斗，追求金钱、安全、传统、清洁、家庭、责任、审慎，可能还有一边散步一边享受新鲜空气。结果，在过去200年间，西方世界很少有别的城市像苏黎世这样如此缺乏魅力。

2. 瑞士之外出生的漂亮女孩尤其反对前往苏黎世。这些女孩更钟情于洛杉矶或悉尼。即使她们想寻找一个与众不同和居家的地方，她们也会选择比利时的安特卫普或丹麦的哥本哈根。

我总是试图吸引苏黎世的女孩。我总是认为，一个喜欢苏黎世的女孩，必然会喜欢我最核心的内在世界。但这点很难。我还记得与萨莎的一次旅行。她是个艺术家，很有魅力，狡猾无比。我们激烈地争辩，且往往在深夜时分。有时候争吵这样展开：

她：你不喜欢聪明的女人，这就是为什么你不同意我的观点。

他：我的确喜欢聪明的女人，但可惜的是，你却不是她们中的一员。

我们两个都没有从这种争吵中得到好处。这也能提醒一个人（如果他需要这种提醒的话），恋人往往对彼此粗暴无礼，这种态度在公开的战争之外很难见到。

一个周末，我和萨莎飞往苏黎世。我试图证明苏黎世如何富有异国情调。有轨电车很异国情调，“米格罗斯”[1]超市、公寓楼的亮灰色水泥、巨大坚实的窗户和小牛腿肉薄片均是如此。谈到“异国情调”，我们总是想到骆驼和金字塔。但或许任何不同的、让我们渴望的事物都配得上这个词语。我在此发现的最异国情调的事物，就是每件东西都非常出色地令人乏味。没有人被乱枪打

1 Migros，成立时间是1925年，业务与产品是食品店和药店，是瑞士零售公司，也是世界500强之一。——译者

死，大街非常安静，一切非常整齐，正如大家所说（虽然你并没有看到有人真的会这样去做），一切通常都很干净，你完全可以把午饭倒在人行道上去吃。

但萨莎感到无聊透顶。她想回到伦敦东部的哈克尼[1]。她无法忍受这种整洁的状态。穿越一个公园的时候，她告诉我她想在墙上乱涂一些脏话——就是想激励一下这个地方。她假意尖叫了几声，一个老太太从报纸上抬起了头。她的百无聊赖让我想起了我的朋友古斯塔夫·福楼拜，他在法国鲁昂长大，鲁昂或许有点像苏黎世，只是没有湖泊。“我好无聊，我好无聊，我好无聊。”福楼拜年轻时在日记中写道。他反复提到，生活在法国，特别是生活在鲁昂是多么无聊乏味。“今天极度无聊，”在一个糟糕的星期天即将结束的时候他说，“乡村是多么美丽，生活在那里的人多么高雅、多么惬意。他们的谈话关乎税收和道路建设。邻居是个多么美妙的称谓。如果真要表达出他全部的社会重要性，他应该用大写字母来表示：NEIGHBOUR。”萨莎觉得福楼拜很乏味（她尝试过阅读《情感教育》，读到中途便感到厌倦了），但她和福楼拜至少在一件事情上达成一致：在一个无聊的地方生活是何等地无聊。

1　Hackney，英格兰大伦敦郡中北部自治城市。——译者然而，就像妈妈往往在学校假期即将结束时告诉你的一样，往往是那些无聊的人才会感到无聊——我开始对萨莎的无聊失去耐心。我需要一个内心有趣的人，她不会去要求一个城市必须"有趣"；我需要一个充满激情的人，当她的城市没"意思"的时候，她会毫不在意；我需要一个洞悉人类灵魂黑暗悲剧一面的人，她能够欣赏苏黎世周末的宁静。萨莎和我很快就不是恋人了。

3. 但苏黎世对我的吸引依旧。苏黎世最吸引我的，是在那里过"普通"日子所蕴含的内容。在伦敦过普通日子通常不是一个令人眼红的提议："普通"的医院、学校、住房或饭店几乎经常令人不寒而栗。当然也有好的设施，但仅仅面向富贵阶层。伦敦不是一个资产阶级城市。它是一个富人的城市和穷人的城市。

作为现代世俗社会里有影响力的一部分人群，最糟糕的命运，莫过于"像其他任何人一样"活着；因为"其他任何人"是这样一类人，它包含了平庸无能者、因循守旧者、乏味无聊者和土里土气者。所有思维正常人的目标，应该是在人群中标榜自己，用其能力许可的任何方式突出自己。但想要不同，必先了解何为普通。有一些国家，其集体提供的住房、交通、教育或医疗让居民自然地试图逃避与群体的交往，把自己封闭在高墙之后。如果做一个普通人，意味着过一种无法满足对尊严和舒适的正常需求的生活，那么对社会地位的追求必将无比强烈。

存在这样一些社区，数量更为稀少，很多都具有浓烈的（通常是新教的）基督教传统的色彩，其间的公共领域以其原则和建筑让人心生敬意，这里躲进私人空间的需求因此并不强烈。当公共空间和城市设施本身令人肃然起敬的时候，居民们可能会减少对个人名利的追求。仅仅做一名老百姓，就似乎让人感觉不虚此生。在瑞士最大的城市，想拥有汽车、避开与陌生人共乘公交车或火车的愿望，远不如在洛杉矶或伦敦那样强烈，因为苏黎世具有非常出色的有轨电车系统——干净、安全、暖和，其准时性和科技含量能够令人深受启迪。仅仅花上几个法郎，就能够乘坐高效、豪华的有轨电车穿越全市，享受到令一个皇帝眼红的待遇，自己独自开车的理由将微乎其微。

4. 酷爱 17 世纪荷兰画家彼得·霍赫[1]，将其列入历史上我最喜欢的画家之一，多少有点让人难为情。被认为是他创作的 170 多幅作品中，大多数非常平庸，属于早期的过于粗糙的作品，或属于晚期的矫揉造作的作品。他是个风俗画家，他的画作太漂亮，

1 Pieter de Hooch (1629—1684)，荷兰画家，后期作品多取材于市民中富裕阶层。——译者

但还不够漂亮，漂亮程度不如拉斐尔[1]或普桑，与他自己的同胞相比，他缺乏扬·斯泰恩[2]的创新、弗美尔[3]的优雅，或雷斯达尔[4]的密度。他的作品所表达的主题似乎有点反动，赞美人类最平庸的活动：消灭虱子、打扫院落。他表现人物并不是很出色；仔细观察他绘画的面孔，就会发现这些面孔仅仅是一些模糊的轮廓。但是我长期以来一直喜欢他，其原因酷似我喜欢苏黎世的原因：因为他理解并赞美资产阶级的生活，且不会将其浪漫化。他绘画的世界，尽管存在差异，但本质上同我生长的苏黎世一般无二。

霍赫通常被归入荷兰赞美家庭美德的文学艺术传统。虽然霍赫的画作的确积极地看待家庭生活，虽然一个人在看了他的画以后不会受到鼓励去拆散自己的婚姻或让厨房一片狼藉，但把他简单地定义为家庭美德的说教者，未免有失公允。他从未告诉我们疼爱自己的孩子或保持房屋整洁有多么重要，他只是为我们提供了一些关于母爱和整洁家庭的例子，引人共鸣，动人心弦，我们根本无法反对这些场景。

---

1 Raffaello Sanzio da Urbino (1483—1520)，文艺复兴时期意大利画家。——译者

2 Jan Steen (1626—1679)，荷兰风俗画家。——译者

3 Johannes Vermeer (1632—1675)，荷兰画家，擅长描绘中产阶级家居生活。——译者

4 Jacob van Ruisdael (1628—1682)，荷兰风景画家。——译者

而且，他的作品没有那些公开宣扬家庭美德的自鸣得意。家庭单纯的快乐表现为一种极其脆弱的成就。批评家或许会说，霍赫并没有按照本来面目来描绘17世纪的荷兰，他们或许会指出，很多妇女都被丈夫虐待，很多家庭都很肮脏和破落，霍赫蓄意地避免表达血腥、肮脏和痛苦，而是把现实理想化。但是他的艺术从未理想化，因为它深知黑暗力量的存在，知道黑暗力量会随时摧毁这种难得的宁静。我们无需被告知整个荷兰并非一尘不染，穿过霍赫画布上走廊尽头的窗户，我们对此已经深有感受。我们无须被告知女人在家里维持的秩序能够被战争或无理的丈夫摧毁，我们已经能够非常清楚地感受这种危险。

在《妇女为小男孩准备上学》中，一个母亲在给她儿子的面包上涂黄油，儿子乖乖地站在妈妈身边，一个矮个子男人拿着帽子、穿着干净的灰色大衣和锃亮的鞋子。如果这幅场景不煽情却很动人，那是因为它让我们感觉到母子间的亲密关系转瞬即逝。在画布的左边，一条走廊通向打开的门，一直通往大街，大街上有一栋巨大的建筑，上面写着“斯科尔”。这个男孩将很快把他欠母亲的恩情隐藏，而他母亲多年来为他涂抹面包，清理头上的虱子。

霍赫的作品能够帮助我们重新获得“资产阶级”一词所蕴含的正面意义，这个词我们或许有着各种根深蒂固的模糊联想。它似乎充满了负面含义，它暗示着墨守成规、缺乏想象、拘谨呆板、迂腐固执、自命不凡。但在霍赫的世界里，做一个资产阶级，意味着身穿简单却很吸引人的衣服，既不庸俗，也不骄矜，与自己的孩子关系自然，享受肉体快感却不耽于淫乱。它似乎就是亚里士多德想法的完美体现。霍赫的作品功德无量，让我们关注平凡环境的魅力和价值，控制虚妄的欲望，避免势利地试图脱离日常生活：晚餐、家务，与朋友共酌。通过关注砖砌建筑的美、抛光门的反射光线、女性裙子的皱褶，霍赫让我们在这些无所不在却被人忽略的世界角落找到快乐。

5. 在霍赫开始创作其最伟大作品的70多年前，蒙田在其《随笔》中有一段落所表达的思想，似乎用语言体现了霍赫作品所传达的氛围——进而体现了我心目中苏黎世之所以伟大的品质。为了提醒读者关注日常生活的重要性，蒙田写道：

攻占一个要塞，担当一项重要使命，管理一个国家，这是威风显赫的事。指责训斥，开怀大笑，银钱往来，表达爱憎，持家有道——持身有道——既不放任自流，又不文过饰非，则更加难能可贵、更加非凡且更为困难，不管世人如何评说，在我看来，过这种归隐生活的人比之其他人肩负着同等的，甚至更加艰辛的责任。

很不幸，人们总是容易忘记这一点。我们总是忘记为小孩在面包上涂抹黄油、整理床铺这些行为本身蕴含着重要意义。乔舒亚·雷诺兹爵士[1]很显然对此无法理解。在一个世纪后评价扬·斯泰恩的时候，他认为斯泰恩的作品尽管很出色，但如果他当时生活在罗马——这个世界上对艺术家来说最重要的城市，那么“他就会被列入艺术领域的大师行列”，可惜他却生活在莱顿，像苏黎世那样令人压抑的一潭死水。身在罗马，他就会获得灵感，画出真正伟大的作品，他就不会把自己局限于乞丐和商人、乡下村镇和喧闹的日常生活。正是霍赫——这位荷兰17世纪艺术成就的杰出代表之一——证明了乔舒亚·雷诺兹爵士的大错特错，与斯泰恩、弗美尔一起，霍赫和他打扫庭院的家庭主妇们有资格享有更多的赞美。

6. 苏黎世对世人具有鲜明的教育意义，它让我们明白，在一个无聊的资产阶级城市里，我们可以获得真正富有想象力和人性的生活。

1 Sir Joshua Reynolds(1723—1792)，18世纪英国重要画家，在绘画中强调宏大风格。——译者

写作如何再现生活

087.

8 岁时我写了第一本书。这是我的暑假日记，我和父母、姐姐和狗一起在法国乌尔加特的诺曼底海滨胜地度过了这个暑假。“昨天没有事情发生。今天天气很好。我们整天游泳。我们午饭吃了色拉。我们晚饭吃了鲑鱼。晚饭后我们看了电影，讲一个人在秘鲁发现了金子。”这是很典型的一篇，标着 1978 年 8 月 23 日，星其三（其中的用词错误并非语言障碍，而是拼写水平还不行）。如果这本书难以卒读，那是因为它尽管初衷良好、书写整齐，但作者似乎并不能传达真正发生的事情。虽然提供了一系列事实，诸如鲑鱼和天气报道，但真正的生活却似乎没有显现出来。就如同观看家庭录像，却只能看到脚或云彩，你会困惑不解，很想知道在人们的脸部正在发生什么。

很多作品都是这样。即使拼写水平提高了，也必须经历一个痛苦的组织语言的过程，才能够真正实现我们的表达目的。典型的情况是，文字描述仅仅在事物的表面滑过，我们看到一次日落，然后在写日记时搜肠刮肚，将其称为“漂亮”，我们深知还有很多东西尚未表达，却无法将其用语言呈现，然后很快被抛之脑后。我们为了描述今天发生的一切，列下一个清单，记录我们去过哪里，看过什么，但离开纸页的时候，心里明白有一些转瞬即逝的事物我们没有呈现出来，而我们怀疑，或许正是这些事物才是解开今天真实情况的钥匙。

呈现真实的生活，难于对感官体验的忠实记录。将看到的事物进行记录，并不足以成为艺术：只有经过筛检、选择和思考的过程，笔下的事物才有可能显得真实。以下是弗吉尼亚·伍尔夫在日记中记录下的1915年2月15日发生在她身上的事情：

今天下午伦纳德［丈夫］和我都去了伦敦；伦去了图书馆，我则漫步伦敦西区，顺便购买一些衣服。我的确衣衫褴褛。随着年龄的增长，让我不再惧怕装饰华丽的商店。我逛遍了德本汉姆百货公司和马歇尔百货公司。然后喝了一杯茶，一路走到公园里的查令十字街，心里构思着词语和事件，以便写作。或许，就是一个人打发时间的方式。我买了一件10英镑11便士的蓝色裙子，就是我此时此刻身上穿着的这件。

很难具体说清楚为什么这样写就可以，为什么在这样的描述中生活没有被剥离。好像伍尔夫只是选择了合适的细节，她知道应该看什么；或许是关于装饰华丽的商店的坦白中包含有什么，或许是她有能力意识到查令十字街上的自己行为的怪异，或许是"我此时此刻身上穿着"传达出了一种亲密。

他人之书的悖论在于，它们能够告诉我们关于我们自己的生活，远甚于我们对自己独自的理解。他人书本上的文字，能够让我们更深刻地感受我们是谁，我们的世界如何。比如说，是歌德的年轻人维特[1]让我明白年轻和单相思意味着什么，是福楼拜的药剂师赫麦[2]让我从政治家或广告商身上看到博学的愚蠢，是普鲁斯特的一些痛苦的文字让我理解了我妒火中烧时的面目。

但伟大书籍的价值，并不仅仅在于描述与我们生活中相似的感情和人物；它的价值还在于能够以比我们更加完美的方式描述这些感情和人物，它能够提供一些感受，我们虽然能明确认识到这些都是我们自己的感知，但却无法自己将其表达出来。

比如，我们或许已经认识某人，酷似普鲁斯特笔下的虚构的盖尔芒特公爵夫人[3]。我们或许已经感觉到这个女人身上有些盛气

1 歌德的代表作《少年维特之烦恼》中的主人公。

2 福楼拜的代表作《包法利夫人》中的人物。

3 普鲁斯特代表作《追忆似水年华》中的人物。

凌人、傲慢无礼的地方，却并不清楚到底在哪里，直到普鲁斯特仔细地在括弧里描绘了公爵夫人对他人的反应，公爵夫人又叫奥利安・德・劳美，在一个时髦的宴会上，德・加拉尔东夫人喊了公爵夫人的名字，因显得与公爵夫人过于熟悉而犯了错误。

“奥利安”（立刻，劳美夫人又好笑又惊讶地转过头，面向一个隐形的第三者，她似乎要让其证明，她从来没有赋予加拉尔东夫人喊自己名字的权利）……

如果一本书关注这种细微、关键、令人震颤的时刻，一旦我们放下书本，继续自己的生活的时候，我们面临的事情，将恰好是那些作者在相同情况下面临的事情。我们的思维就像最新调试的雷达一样，能够找到浮现在意识表面的特定事物，这种效果就如同把收音机拿进房间，我们本以为房间里安静无声，却发现安静仅仅存在于特定的频率，事实上，和我们一直生活在一起的，有来自乌克兰广播电台或小型出租车公司夜间呼叫的声音电波。我们的视线会被引向天空多彩的颜色、人脸多变的表情、虚伪多变的朋友，或某种隐藏的关于某种情形的悲伤情绪，我们此前根本不知道我们居然会为此而伤心。

论漫画之精妙

1. 1831 年的夏天，法国国王路易 · 菲利普踌躇满志。1 年前七月革命的政治和经济骚乱使他登上高位，而现在这一切已经成为历史，国家呈现一片繁荣安定的景象。在他手下有一个以首相卡西米尔 · 佩里埃为首的精明强干的领导团队；他在他的国土的北部和东部视察，受到当地中产阶级对待英雄般的欢迎。他在巴黎的王宫过着豪华的生活，每周都以他的名义举行宴会；他喜欢美食（特别是上等鹅肝和野禽肉）；他有一大笔私人财产、一个深爱他的妻子和几个孩子。

但此时发生一件事，给路易 · 菲利普宁静的心情蒙上了一丝阴影。1830 年末，一个 28 岁的不知名的艺术家夏尔 · 菲利蓬创办了一份讽刺杂志《漫画》，在杂志上他把国王的头画成了一只梨的形状，他认为国王是大范围的腐败和无能的源头。菲利蓬的漫画不仅极不友好地影射了国王臃肿的脸颊和球茎一样的额头，而

阿里·谢费尔：法国国王路易·菲利普，1835 年

且法语中“poire”（梨）的意思是蠢货或傻瓜，他用这个词巧妙地表达了对路易·菲利普统治政府的远非尊敬的态度。

国王发怒了。他命令下属阻止杂志的发行，并把巴黎报刊亭所有已在售的该刊统统买回来。但此举并未阻止菲利蓬，于是在1831年11月，漫画家遭到起诉，罪名是“对国王进行了人身攻击”，要他在巴黎出庭受审。面对满满一屋子人，菲利蓬首先感谢起诉人逮捕了像他这样危险的人物，但他继而指出，政府在追捕国王的诽谤者的时候办事不力。最为重要的是，应该逮捕所有梨状的东西，甚至梨自己就应该被关起来。在遍布法国的梨树上长满了这种果实，每一颗都是需要监禁的罪犯，菲

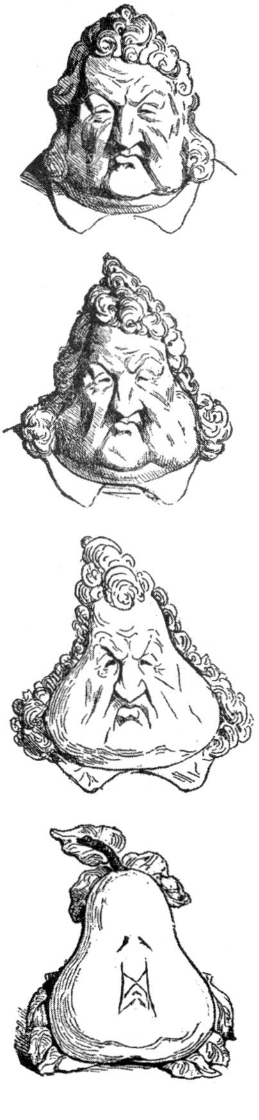

利蓬嘲讽地说。但法庭并不觉得好笑。他被判入狱6个月。次年，一份新杂志《喧哗》上他重复了这个梨子的玩笑，从而被直接送回监狱——因为把国王画成一只水果而在铁窗后面整整待了2年。

2. 如果幽默仅仅是游戏，路易·菲利普就不会反应如此激烈。因为他第一次意识到，玩笑是一种批评的方式。作为另一种批判方式，玩笑可以反对狂妄自大、冷酷无情或华而不实，反对一切背离美德和常识的行为。

如果玩笑是一种特别有效的批评方式，那是因为虽然它们在传达教育信息，但表面上其目的似乎仅仅是让人开心。漫画无需长篇大论，讲述权力的滥用。它们使我们在会心一笑中领悟到对权力机构的批评的合理性。

而且（尽管菲利蓬为之蹲了大狱），由于玩笑明显缺乏恶意，因此漫画可以表达那些直接说出来有危险后果、或根本无法直接说出的事情。历史上看，往往是宫廷的弄臣才被赋予资格，能够告诉国王或皇帝一些无法以严肃的方式讲述的严肃的事情。（英国詹姆斯一世国王时期，神职人员臭名昭著、腐败不堪，当詹姆斯一世为无法养肥一匹马而忧心忡忡的时候，据传宫廷弄臣阿奇博尔德·阿姆斯特朗曾为他出谋划策。他说，只要国王把这头畜生封为主教，它很快就会变得膘肥体壮的。）

如前所示，并非每个高高在上的人都适合用漫画的方式来对付。我们很少嘲笑一个正在做重要手术的医生。但如果一个医生在手术后回到家，用医学术语在妻子女儿面前显摆，让其心生恐惧，我们则会嘲笑他。我们嘲笑的对象是那些不合规范的行为和程度不当的行为。一些国王或皇帝的自我形象超越了实际能力，个人品格落后于权势地位，他们就成了我们嘲笑的对象。我们嘲笑那些身居高位却丧失人性、滥用职权的人。我们嘲笑、并通过嘲笑来批判不公与过分。

对最好的漫画家来说，笑声因此具有了道德教化功能，玩笑能够引导他人改善自己的品性与习惯。玩笑有助于描绘政治理想、创造更加平等、更加理性的世界。哪里有不公平或欺骗，哪里就是披着幽默外衣的批评的舞台。正如萨缪尔·约翰逊博士[1]所说一样，讽刺仅仅是另一种、而且是非常顶用的“谴责邪恶和愚蠢”的方式。用约翰·德莱顿[2]的话说，“讽刺的真正目的是对缺陷的纠正”。

1 Samuel Johnson（1709—1784），英国作家、评论家，辞书编纂者。——译者

2 John Dryden（1631—1700），英国桂冠诗人、剧作家、批评家。——译者

詹姆斯·吉尔雷:《法国第一个皇帝拿破仑的宏大的加冕典礼队伍》,1805 年

of France, from the Church of Notre Dame, Dec.r 2d 1804.
London. Publish'd Jan.y 1st 1805 by H.
mperial Majesty
OLEONE ^ 1st
mpress Josephine.
His Holiness Pope PIUS VII
conducted by his old Faithful Friend;
Cardinal Fesch. offering the Incense
Talleyrand Perigord.
Prime Minister & King at Arms
bearing the Emperor's Genealogy
Madame Talleyrand (ci devant
Mrs Halhead the Prophetess) conducting
the Heir Apparent in ye Path of Glory.
The Three Imperial Graces.

100.

牛津杂志版面，1771 年

詹姆斯 · 吉尔雷:《赶潮流的妈妈》,1796 年

102.

《笨拙》，1895 年
场景：莱斯特广场附近的餐馆
琼斯：啊——呃——伙计——看——这个——哦——给我拿——噢——呜——这个——那个。（原文为法语：Oh-Er-Garsong-Regardez Eecee-er-apportez-voo le-la）
服务员：先生对不起，我不懂法语。
琼斯：天啊，那就叫一个会法语的过来！

3. 幽默不仅是攻击地位显赫之人的有效工具，而且能够帮助我们理解并缓解我们自己的身份焦虑。

我们所能够觉察到的好多有趣的事物都是关于在日常生活中我们可能为之沮丧或羞愧的情形或感受。最伟大的漫画家总是能明确指出我们的脆弱，我们往往对此不能直接面对；我们总是隐藏着一些最令人尴尬的东西，而杰出的漫画家能够把我们从这些尴尬的东西身边拽开。焦虑越隐秘、越强烈，引发的笑声就可能会越大，笑声成了把那些无法言说的缺陷拿来公开处理的有力武器。

因此毫不奇怪，很多幽默都努力揭示一些对身份的焦虑，进而对此进行克服。它让我们明白，在这个世界上还有其他比我们嫉妒心更盛，而在社会生活中更脆弱的人群；还有一些人在凌晨醒来时，深受经济状况的折磨；在社会要求我们具备的理

“我认为自己是个充满热情的人，但我首先是一名律师。”

104.

“乔伊斯，我疯狂地爱着你，我为你茶饭不思，但我不是为这个打电话的……”

将军在阅读名为《战争与和平》的大部头作品。

106.

贩奴船船长："人力资源？"

“各位，你们知道我认为什么最重要吗？那就是成为亲切、正直的人。”

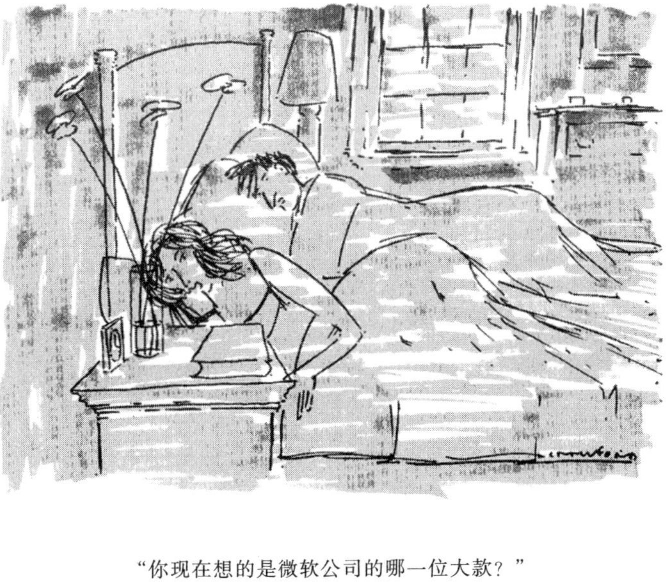

“你现在想的是微软公司的哪一位大款？”

108.

“我一般在早晨6点半尖叫着起床，9点钟抵达公司。”

性表象背后，我们大多数人都有点精神失常——这一切都给我们提供了理由，要我们向相较而言比我们更惨的邻居伸出援助之手。

最和善的漫画家不会讽刺我们对身份的关切，而是调侃：他们批评我们，但同时认为我们依然相当不错。由于漫画家的卓越技巧，我们能够以开放心态、笑着承认一些关于我们自己的痛苦事实，而这些事实如果用普通的、批评的方式向我们提出，我们肯定怒火冲天、深受伤害，从而拒绝承认。

4. 漫画家，同其他艺术家一样，同样证明了马修·阿诺德对艺术的定义：艺术是对生活进行批判的学科。他们的作品试图纠正强权的不公和我们对身居高位之人的过分嫉妒。如同悲剧一样，漫画的创作动机来自我们生活环境中最令人遗憾的方面。

漫画家的潜在和无意识动机或许就是——通过灵活使用幽默技巧——创造一个新的世界，在这个新的世界中让可以嘲笑的东西变得少些。

110.

“他们当然聪明。他们只能聪明，因为他们没有钱。”

译后记

陈广兴

要了解阿兰·德波顿的作品，必须先了解作者本人。

首先他是一个畅销书作家，他的作品深受普通大众的喜爱。他 23 岁时发表的《爱情笔记》(*Essays in Love*, 1993) 就热销 200 万册，后来的《拥抱逝水年华》(*How Proust Can Change Your Life*, 1997)、《身份的焦虑》(*Status Anxiety*, 2004) 和《幸福的建筑》(*The Architecture of Happiness*, 2006) 等著作更是让他名利双收，更不用提在各种畅销书排行榜上经常出现的《哲学的慰藉》(*The Consolations of Philosophy*) 和《旅行的艺术》(*The Art of Travel*) 了。同时，他又被社会权威机构认可，获英国皇家建筑学院荣誉院士头衔，并当选英国皇家文学学会会员。在"大众"和"精英"两个阵营左右逢源，既是德波顿成功的结果，也是德波顿成功的秘诀。

德波顿一直游走在专业与通俗之间。他的作品把人生感悟融入哲学思想，被称为“日常生活的哲学”。这个世界不缺乏哲学家，也不缺乏哲学思想。但普罗大众距离哲学却非常遥远。虽然哲学同其他任何文学艺术一样，都是对人本身的探讨，其终极旨归必然是人的幸福，但平凡大众却很难因其受益。

我们可以不太恰当地把德波顿比作美国的奥普拉。德波顿把哲学思想以通俗的方式介绍给英国民众，奥普拉读书会把严肃文学作品推荐给美国读者。两人都很成功，在庞大的受众群体中产生影响，让大量的读者对陌生的领域产生探究的兴趣。他们的成功，源自他们拉近了专业领域与日常生活的距离，让人们获得了暂时超验的可能。

德波顿同奥普拉一样，也饱受訾议。毕竟，对哲学阐述的深入，德波顿很难企及专业的哲学家，正如奥普拉不能企及专业文学批评家一样。但普通读者，又有几人能够读懂艰涩的哲学原著呢？在阅读德波顿之后，对自己的生活有所反省，本身就是一件值得肯定的事情，如果因此对哲学本身产生兴趣，进而一窥哲学的堂奥，则能更有力地证明德波顿的价值。多媒体和网络的发展，使得严肃作品的读者群体严重萎缩，在当今时代，德波顿以其丰沛的意象、横溢的才情，将艰涩生僻的哲学思想，化作通俗易懂的活泼文字，进入寻常百姓生活，是一件非常值得称道的事情。

在具体的创作题材方面，德波顿也一直独辟蹊径，充当跨界的舞者。例如他的《工作颂歌》（*The Pleasures and Sorrows of Work*, 2009）用工作之外的眼光来看待工作，像旅人发现风景一般，在司空见惯、熟视无睹的工作环境中，发现美和诗意。《机场里的小旅行》（*Heathrow Dairy: A Week at the Airport*, 2009）也一样，用乘客之外的眼光来看待机场。如果你不是在步履匆匆地赶飞机，而是把机场当作旅游景点，你就会发现很多为人忽略的细节，而正是这些细节构成了生活的意义。《写给无神论者》（*Religion for Atheists*, 2012）则是用宗教之外的眼光看待宗教的细节，会发现宗教仪式性的细节本身，能够通过作用于参与者的身体，达到抚慰心灵的目的。一切的不同，全在于你是否拥有一双发现美的眼睛，风景不在别处，而是在你的眼中。

德波顿自由地穿行于文学、艺术、哲学、建筑、旅游、职业等领域，用独具一格的眼光审视司空见惯的事物，从中发掘出富含意义的细节，尽管题材和领域变幻多端，但他的写作主题始终一致，即人生的幸福。当今世界，人们似乎越来越难获得幸福。交通和通讯越来越发达，人类的沟通却越来越少；地球的人口越来越多，人类却越来越孤独；物质财富越来越丰富，而人类的满足感却越来越低；生活中的烦恼绝大部分来自心灵的状态，而休闲产业追求的目的却是给我们的身体带来舒适。总之，社会多方面的发展，与人类的幸福日渐背离。阅读德波顿，向他学习如何调整心态，转换视野，更加弥足珍贵。

德波顿不仅将建筑、哲学、文学等高深学问从高头讲章中解放出来，让普通人能够从中获益，还通过录制电视节目宣传自己的幸福主张，同时躬行实践，在伦敦创建人生学校（The School of Life, 2008），让更多的人能够接受幸福教育。德波顿的这种“为人民服务”的立场和做法，值得我们尊敬和学习。上海译文出版社对德波顿作品的引进和推介，让中国读者也得以借助这位英伦才子的生花妙笔，体悟人生的真谛。

《无聊的魅力》是一部随笔集，关照生活的点点滴滴，以短小精悍的篇幅，体现德波顿标签式的写作风格和主题关注。如何让忧伤成为快乐，如何让机场成为景点，如何让成年人享受动物园之旅，如何让无聊成为魅力。总之，如何在意想不到的地方收获幸福，是德波顿一以贯之的追求。阅读这本集子，让读者暂时突破自身的惯性，踏入一个更为广阔的天地，这是本书，也是译者的愿望和祝福。

写于武昌

Alain de Botton
On Seeing and Noticing
Penguin Books, 2005

作者个人网站：www.alaindebotton.com

图字：09-2012-359号

图书在版编目（CIP）数据

无聊的魅力 /（英）阿兰·德波顿（Alain de Botton）著；陈广兴译. — 上海：上海译文出版社，2021.7
（阿兰·德波顿作品集）
书名原文：On seeing and Noticing
ISBN 978-7-5327-8779-1

Ⅰ.①无… Ⅱ.①阿… ②陈… Ⅲ.①散文集—英国—现代 Ⅳ.①I561.65

中国版本图书馆CIP数据核字（2021）第104406号

无聊的魅力
[英]阿兰·德波顿 著 陈广兴 译
责任编辑 / 衷雅琴 封面设计 / 观止堂_未氓 内文版式 / 高 熹

上海译文出版社有限公司出版、发行
网址：www.yiwen.com.cn
200001 上海福建中路193号
浙江新华数码印务有限公司印刷

开本 890×1240 1/32 印张 4 插页 5 字数 37,000
2021年7月第1版 2021年7月第1次印刷
印数：0,001—8,000册

ISBN 978-7-5327-8779-1/I·5419
定价：58.00元